火 の 誓 い

K A W A I
K A N J I R O

河井宽次郎

ひ の ち か い

熊韵 —— 译

火的誓言

北京联合出版公司
Beijing United Publishing Co.,Ltd.

雅众文化 出品

目 录

第四章　工作与思考

第五章　生命之窗

第六章　生活与语言

序

　　本书中收录的一系列文章，是我一路走来，致力于挖掘各种物品背后隐藏之物的足迹的一部分。同时，也是讲述我如何见证美之诞生的事例的一部分。如果以为只要有原材料和技术，就能在任何地方制作出美丽的器物，那是一种误解。

　　人们总是倾向于关注器物最终成型后的效果，也总是更容易错误地被这种效果所打动。然而事实上，直观上与器物距离十分遥远的背后存在的东西才最触动人心。这也是本书想告诉读者的事。

昭和¹二十八年秋

河井宽次郎

1　昭和：昭和天皇的年号。介于大正和平成之间，指 1926 年 12 月 25 日到 1989 年 1 月 7 日这段时期。

第一章　物品与作者

村落的整体

每当站在郊外一角眺望农田对面到山麓之间的几个村落，并考虑要进入其中哪一个时，我总是容易感到犹豫。幸而京都周围的农村很少遭破坏或污染，无论选哪一个村子都不太会失望。

在进入某个村子之前，我总是对其整体布局感到惊叹。越是站在能仰望或俯视村落整体的位置，越是感到这布局犹如被施加了魔法般。那些被森林包围的平原上的村落，如果不深入其中观看就不会了解，即便如此，我也时常会在意想不到的地方邂逅意想不到的精彩，并为之震撼。总之，这些村落和户与户之间的巧妙配置正好适应地形，叫人百看不厌。我一直很想知道，究竟是谁设计出了这样绝妙的庞大构图。户与户之间——甲家和乙家之间，究竟是如何维持着这般迷人的间隔与平衡而毗邻而建的？遥遥相望的甲家和丁家，又是如何以这般美妙的比例被分隔开来的？瓦片和茅草屋顶是由谁如此精巧地分配？甲乙丙丁各房屋所具有的美感，有时还体现在地形极度复杂、凹凸不平的丘陵或山地斜面上，而将它们如此完美地进行分配布局的，究竟是谁呢？我时常为这位伟大设计师的力量感到惊叹不已。

进入村庄后，首先给人以亲近感的是房屋。比起人，它们更亲切。因为比起住在屋里的人，房屋能告诉我更多关于他们的事。住宅总是能将居住者的特征暴露无遗。尤其是用茅草搭建的房屋和住所，虽是人工制作，但更接近于自然之物，它们就是居住者的肉体本身。

稻谷和蔬菜虽然能培育，却不能凭空制作。虽然制作类的工作能敷衍糊弄，栽培类的工作却无法如此。因此，农家和农人的生活不可能不变得美好。

无论怎样的农家——无论再寒碜的家庭——都给人一种家宅的踏实感。让人感到安心，欣然将生命托付其中，并视其为永远的居所。而这正是日本的原型。若是小则由它小，若是大则由它大，这些房屋与其说是建立在土地之上，毋宁说像是从土地中生长起来的一样。每家每户都不带丝毫玩乐性质，房屋从里到外、从头到脚都充满农人的生活气息，这一点甚是可贵。用人体内脏做比喻的话，"炉灶"相当于房屋的胃部。这一带农家房屋内的"炉灶"设计得大而巧妙，又说明了什么呢？我时常站在这"七孔灶[1]"前看得入迷。与之相比，地炉[2]更加贴近人的日常，也更使人产生亲切感，因为地炉的火除了烹煮和取暖外，还有别的重大用途。

户与户之间的区域种满了各季花朵，像是宣告和平的缓冲带般，夹着一两块田地。田地里种着柿子树、栗树或梅树。除了供人采摘果实，这些树木还肩负着连种植者也不知道的巨大使命，让田地再次变绿或变红而不至于荒废。除了带来实际收益，树木还完成了如此重要的工作呢。

此外，村落之中不时混杂着一两块闲田，看样子也不像是经协商后故意留出来的。它们常常出现在适当的位置，让村庄的面貌更加美丽。

小河旁的浣洗处并排放着几块石头，位置合宜，巨大的朴树也在此茂盛生长，十字路口有供奉神的小祠堂，爱宕大明神、二月堂和天满宫的石灯笼伫立在旁。小路被清新可爱的篱笆和低矮漂亮的土墙夹在其中，栎树被修剪培育成遮阳防风的保护伞。沿道路修建的仓库一角种着满身树疖的榉树和粗壮的朴树，为气派的仓库更添一重气派的安全感。

村落中的道路为何能蜿蜒出如此优美的弧度呢？守家护院的篱笆上为何会开满鲜花呢？拒绝来人的出入口为何却不安装

1　七孔灶：原文为"七つべっつい"，指农家厨房里的七孔灶。同样名为"七つべっつい"的还有位于日本九州北部佐贺县唐津市的海蚀洞，因有七个洞门而得名，中文多译为"七釜洞"。此处或许是由于作者在当地农家发现的炉灶设计类似这种形态，故以此命名。

2　地炉：指传统日式民居室内的一种坑炉。是在室内的地板上切出一个正方形的坑做成炉子，用于烧开水、煮食物和围坐取暖等。日语写作"囲炉裏"。

门板呢？

今年三月的某日，我从南山城 [1] 山田川村的大仙堂聚落，向大里、北庄、吐师依次拜访，一边行走，一边被途中发现的美丽村落吸引着。

刚走出一个村子，田地另一头又出现了第二个村子，仿佛久候多时的主人般，将村内全景悉数展现在我面前。

于是，我最终还是一次又一次步行穿过了成片的农田。这一日发现的村庄全都美得无可挑剔，每每令我流连忘返、应接不暇。好东西不该独享，我反复告诉自己，即使是自说自话也要将这感想记录下来。

早春明媚的阳光下，远处村庄的一列列白壁在三四寸高的麦田间若隐若现。坐在田野旁远眺这从未见过的风景，初次邂逅的村子令我喜不自禁。

步行进入村庄更是不同寻常。接连出现的景物让我目不暇接，不知不觉，整个身体似乎只有眼睛在转个不停了。

篱笆、土墙、长屋门 [2]、仓库、茶屋、主屋。它们排列在不足一间 [3] 的道路两侧，尽情展示着自身的美。穿过几个类似的村子后离开吐师，在原野中新开的宽道上走了一阵，接着便来到川西村的菅井聚落。这里的景象再次超出我的想象。村头

1　南山城：位于日本京都府东南部的村落，毗邻奈良、滋贺、三重三县。以农、林业为主，因出产香菇、茶叶而闻名。

2　长屋门：近世高级武士宅邸大门形式的一种，左右两侧备有供用人和家臣居住的长屋。

3　间：日本尺贯法（度量衡）的长度单位，一间约等于 1.818 米。

一户酿酒人家的房屋在波形铁皮板和大门的包围下露出壮丽的轮廓，户外一块小型锻铁场也十分漂亮，我沉迷于路旁风景，几乎忘了时间，最后只能一面感叹时间流逝的迅速，一面踏上归途，赶往新祝园站的方向。

虽然在笔直的新路上一眼就能望见车站，但在祝园前的左手方向，在一片低矮的丘陵之上，我又发现了一个小村庄。最终还是无法视而不见。

双脚已经自顾自地朝村子的方向走去。爬上弧度适宜、蜿蜒曲折的缓坡，成排的房屋悠然显现。持续步行了五六小时后，我的脚已经开始酸痛，但进入村子后，脚痛便被抛到了脑后。

我虽常年奔波于各式各样的村落之间，像今天这样让我高兴得忘乎所以的村子却不常见。我终于来到了自己日思夜想的地方！沿着村中道路横来竖往，时而倒退时而驻足，时而坐下休息时而迅速绕行，我像着了魔似的任由身体被这狂喜拖拽旋转。

我寻思着——这样毫无破绽、排列紧凑的村落究竟要如何才能整个儿取出来呢？这个村子从头到尾都像覆盖着魔法一般。

太阳开始下沉，我决定下次再来，便准备离开，不想竟走到一个池塘边。这个池塘支配着村子的整体景观，真是太出人意料了。我惊讶得说不出话来，只好茫然伫立了片刻。仔细想想，虽是偶然，我却以十分恰当的顺序走完了这个村子，还在最后发现，这迷人的村庄正是沿着这美丽的池塘而建。

姑且不论这个，在堤坝之上隔着池塘遥望，这座村庄可真是叫人惊艳啊。那池塘并非普通的池塘，而是田地的蓄水池。一般的蓄水池往往在山谷之处，形状简单乏味，成日只能映出空中云影；而这个池塘的一边朝山丘的方向呈凸字形蜿蜒，即便出于无心，也将村中居民的房屋巧妙划分、优美呈现。此外，还细致精密地倒映出池畔人家的影子。

不止如此，将这完美布局和倒影尽收眼底的堤坝上，还并排生长着一列古老的樱树。众所周知，在濒临湖水或入海口的地方常能见到美丽的村落或海港，但在这样一个山丘的蓄水池旁竟有这样一个村子，是任谁也难以想象的。像这座村子般无论从哪个方位看都没有缺陷的村子并不多，它究竟为何如此迷人，真是不可思议。不仅是填充村子的各个部分的魅力，更让人惊叹的是村落整体散发出的无与伦比的美感。

这个仅有八十户居民的村庄虽没有奢豪的大地主之家，却也没有惨淡的贫农之家。所有住户无论房屋大小，都是踏踏实实的自耕农。与其说是家家户户的集合形成了村子整体，不如说是先有了村落整体的形态，才孕育出每家每户的生活。凡是见过这个村子的人，必定都会先意识到整体而非个体。这是一座由山丘和池塘组合而成的村落——不用说，池塘一定是后来修建的。

总而言之，这个地方从形成之初就排除了一切丑陋不堪的形态。高低错落的复杂地形以其本身的自然条件集合村民之力，将所有难看的事物拒之门外，美好的事物才包容其中。能在此地留存的一切必须是美的，它就是这样一个村落。人们最开始一定也是根据自己的喜好来到这里的。他们耕耘、繁殖，却并未打破这里的平衡，那些任凭个人喜好做出的改变加在一起，形成了村子如今的样貌。这种任性妄为的举动之和为什么竟成就了如此美景？我很想当面问问那个天赋惊人的设计师。然而，村民们却并未觉察村子的美，不仅这里，几乎任何地方的村落都大抵如此，人们对此并不在意。

此后，我又多次漫步在这个村庄，每当村民们问我，你是来干什么的，我都无法给出合适的回答。为了它的美而来——这种理由不算答案。我无法让他们理解，这也没办法。其实没必要让他们理解，因为浑然不觉地生活在这样美丽的地方本身，就是一件令人羡慕的事。

京都府相乐郡川西村大字植田，便是那个村子的名字。

昭和十九年七月

稻草制品及其作者

昭和八年的秋天，我在从洛北鹰之峰向丹波小野乡迁徙的途中，路过杉阪岭的村庄、堂之庭时，曾被一家农户的房屋所吸引。

这一代的大多数房屋从外观看都没什么特别，可一旦跨入其中，往往能意外地发现其内部构造十分巧妙。

约占房屋一半大小的厨房泥地上，被打扫得干干净净的七孔灶恰如人体内的胃袋一样，展示着与其哺育家庭成员的职能相符的大小、光泽和完美构造。靠其中一面墙壁设立的水房和碗柜因塞了许多锃亮的抽屉和金属器具而显得满足。近旁被用作凸窗向外凿出的水槽中，从前方小格子窗外筛进来的光线如粉末般平稳飘落，笼罩着被擦拭过的管道与流水，下方积水慢慢变多。

厨房中铺了地板的空间有一部分被切出，用于放地炉。而被称为"护宅"或"护灶"的粗大房梁之上，结构巧妙的天花

11

板俯视着下方。

柱子、门框、纸糊拉门都一样，几乎所有的木头都是纯黑色，像无烟炭般静静地维持着自身强有力的光泽。然而，厨房里还有一扇打通墙壁后开出的窗，如果推开这扇窗门，就能看到靠近低矮房檐的地方，远处山崖上生长的草木正沐浴在明媚的阳光下，像从昏暗中浮现的幻灯片，画一般装饰着这个房间。

我正呼吸着房内凝滞肿胀的空气，突然，一件物品映入我的眼里。

那是仰面躺在灶台的一个稻草编织的小筐。怎么回事，我疑惑地将它翻过来一看，那竟然不是筐，而是我怎么也没料到的稻草制成的小凳子。这凳子不仅与周围环境彼此呼应，其本身也是个了不得的东西。

凳子的制作者是这家雇用的朝鲜人，但他恰巧进山干活儿去了，因此我没能见到。不过幸运的是，从仓库和廊檐下找出了不少他做的东西。

例如将稻草坐垫安在三岔木上做成的奇妙凳子，一看就令人不由称赞的饭桶容器和谷物容器。还有让人感到意外的稻草簸箕、火盆垫，以及面积大得惊人的绝妙稻草席等，一件接一件地出现了。

稻草居然能做成如此厉害的物品，究竟是怎么一回事？使用期较短的稻草工艺品也能发挥其作用，或许我是为此感到安心吧。本是消耗品的东西第一次作为日常用具出现，而且还是这样了不得的容器。

不久以后，我便有了机会见到这位手工艺者。他被一位姓"山植"的农家老婆婆带着来了。因为语言不通，所以由老婆婆代替他说话。虽然老人的话已经足以让我了解到日文名为"松山"的他的情况，但他沉默的样子更有力地触动了我。

那之后没多久，我便请他到我家里来了，让他一边协助我工作，一边抽空继续制作他的稻草工艺品。他出生于江原道蔚珍郡平海面谷里，今年四十五岁，名叫孙斗昌。

不只是国家不同、境遇不同，他这类人最引人瞩目的一点，是与当下的人们之间存在某种巨大的差异。简单说来，就是他是一个将自己放置在特殊时间之内的人。举例而言，那就像是金属丝一样的时间——连续不断地维持同等粗细一直向下延伸，毫不松懈的时间，而孙君的身上就有这种特质。

好像并不阻挡外部事物的侵入，也并不因此感到煎熬。不会给人激情燃烧的感觉，内心的执着却从未消退分毫，孙君就是以这样的心理，日复一日行走在同样的轨道上，轨道是非凡的轨道，他的步伐也从未行差踏错。

这样的人并非只有孙君一个，类似的人在这个国家里还有很多，作为其中的代表，孙君可谓当之无愧。不只是制作工艺品，单纯作为一个人，孙君也丝毫不比他人逊色。这类人不时也会在质朴的表面之下藏着肿块般无知的想法，但这些很快便会被他所受的教育和人生际遇切除干净。

　　他曾经卷入一场两三人间的小纷争，那时候的他只是沉默地在一张纸片上写下文字。后来拿给我看，纸上写着"万战不如一忍"。那一瞬间，我的确发现了他心中燃烧的火苗，但也只是一瞬间，很快，他便将自己消磨在这一行文字之中了。这当然可以理解为是他这类人的乡土性使然，但不得不说，那鲜明的心理变化即便略显寂寥，也在寂寥中平添了一抹馨香。他几乎不在无用之事上消耗自己，如果有那份心力，也只是全部带到工作中去用掉。

　　空闲的时候，便在后院的工作场地制作稻草砧板。以同一个节拍发出的泡沫般的古朴之声，隐隐让人觉得是他在将自己击打成形。有时候，他也会在工作的时候唱起歌来，那是属于他故乡的歌谣，风一样的歌谣。

　　将糯稻的芯取出后用力敲打直至变成一根细绳。以此为经线，再用三四根稻草作纬线开始搓捻。这是唯一的方法，此外没有其他的可能。只有在揉搓时用力扭转稻秆才能完成。

　　制作完成后的物品很容易让人想象到手上搓破的皮肤，实际上并未用到那么多的力气。但从早到晚将这样的工作持续十天，手指总会肿胀出血。

曾经有一次，他要做一张二十叠[1]大小的稻草席，差不多需要一百天时间，但为了保护手指，工作十天左右必须休息两三天。即便如此，他的手指还是肿了，只能用不断往外渗血的手坚持着完成了工作。只要告诉他形状和尺寸，他总能做出很棒的东西，技术好到让人不禁开始思考他究竟是从哪儿获得的灵感。

　　他也从家里的人那儿收集一些破布片。那时候的布片配色大都很凌乱，即便如此，他用这些碎布头织成的物品，也总是能让各种颜色以巧妙的形式搭配在一起，颜色仿佛活过来一般，让人看了十分喜欢。他从未失手，也确实没有出过错。这样的手艺到底是什么，在很长时间内一直是桩悬案。——他究竟是拥有美意识的人，还是对美没有自觉的人呢？

　　其根源自古以来便有无数人热衷探索，如开采金矿般，却少有人挖到宝藏。是刻苦的修炼、教育修养，还是努力、忍耐、勤勉？——即便选出这些合理且珍贵的材料，将其融入工作中，最后往往也只能获得高水准的"工作能力"。美是无法仅靠这些东西合成的。

　　曾经有人问孙君："你是怀着什么样的心情工作的呢？"那时他的回答很简单。

　　"是的，我会做。"

　　不擅长日语的他想来并未听懂问题的意思，但这牛头不对

1　叠：面积单位，即一张榻榻米的大小，大小根据地域不同有变化。西日本的"京间"大小约为191cm×96cm，东日本的"江户间"大小约为176cm×88cm。

马嘴的答案，却比任何语言都更好地解释了他的工作。

"心情"之类多此一举的麻烦事，对他的工作而言就像飘浮在陌生世界中的雾气。更别提那些絮絮叨叨的繁杂理论的噪音，他从内到外都不曾在意。

他做出的物品是"形体"，仅仅是目之所见的"形体"，除此以外别无其他。推及此处，便能得到连他自己也未发现的某种意义。那是残留在这份工作的常识性分解物溶液里无定型的、棉絮般的不可溶物质——就是它。这种神秘物质在孙君的身体里以原始形态的结构被保存、被隐藏，只在必要时活动起来。

测试热水温度时不用手而用温度计的人们，往往会像供奉神龛里的神像般对待孙君这类人，有形式而无敬意。这是因为他们不知道此举是在轻蔑、亵渎与践踏他们自己吧。就像吃东西时无论吃到味道好的还是难吃的，都沾沾自喜地说自己不知道一样。

人类的双手即便丧失了温度计般精确的衡量标准，大概也还保留着对寒暖的感应。这是留给我们巨大的遗产。至少是值得信赖的遗产。此后只需要夺回正确的度量标准。如果说"夺回"不太恰当，"寻找"也一样。

除孙君之外还有一人，出生于忠清南道牙山郡阴锋面东川里[1]的全荣模。他也是在洛北的农家劳作时被我发现的，眼下正在鹰之峰玄琢的土桥嘉平氏家中努力工作。

1　忠清南道牙山郡阴锋面东川里：地名，现属于韩国。

全君今年三十三岁。虽然性格上和孙君多少有些差异，但都是同一个铸模里刻出来的人，将二人的立场互换也并不会有太大出入，所以此处不再详述。全君不仅品行端正，也是优秀的稻草手工艺人。为纪念这二人，东京驹场的日本民艺馆内展出了许多他们的作品。

不过，这类技艺并不止于孙君或全君，还有许多隐藏在世界各地的同类人。他们在过去的历史上从未得到表彰，但未受表彰这件事本身也是最大的表彰。希望孙君和全君都健康。

昭和十年三月

荷兰陶器[1]及其作者

　　欣赏荷兰陶器，最令人高兴的莫过于上面绘制的图案和花纹，若能找出这种陶器的制作方法，大概也不无裨益。而从这遗留记录般的陶器身上直接探寻制作工艺，便成了我的课题。

　　据说这种陶器产生的根源是对明代青花瓷的仿制，这消息对想要探索此项工艺始末的我而言，无疑是个值得欣喜的指示，我便是被它吸引着迈出求解的步伐的。如果没有它，就如同向着"出现"这个目的地前进，却无法看清名为"如何"的途中风景。天色渐暗，这盏点燃的灯火照亮了我的想象之路。那光芒也恰如其分地唤起人们对当时欧洲的想象。

　　散落于欧洲各地的明代青花瓷为何会在荷兰生根，除了

1　荷兰陶器：即代尔夫特陶器，17世纪早期首先在荷兰代尔夫特生产的一种蓝白或多色锡釉陶器。后来荷兰陶工将锡釉技术连同代尔夫特的名字一起传到英格兰等地。日文中也可用片假名"デルフト"表示。

具备养育这颗种子的条件，仅仅是事前准备和拥有素材，也不足以让荷兰胜过其他条件更优秀的国家。那究竟为什么是荷兰呢？

除了唯一的原因——荷兰曾有某个人存在——不作他想。而且是这仅有的一人，除此之外没有其他可能。

我猜想，这个人或许是历史上的某个名人，又或者是隐于历史烟雾中的无名工匠。无论哪种都好，一定存在这样一个人，像个鲁莽的贪吃汉，想把青花瓷的一切囫囵吞进肚里。

各个国家的各色人等都在邂逅了这块来自中国的瑰宝后倾心于它，但这个人的热情比任何人都更甚。就是这件简单的事孕育了后来的荷兰陶器。——我是这样猜测的。

润泽的肌理、坚实紧致的胎体、清淡却不失鲜艳的绘画，隐藏其后的制作者与其国家。他从这些来访的瓷器中感受到了至今为止从未在本国陶器中见过的东西。

他突然也很想烧出同样的器物。对他来说，这些来自远方的瓷器并不只是可以拿来参考的那种模棱两可的东西，而是世间绝无仅有的艺术品。

面对眼前如高山般耸立、浪花般翻涌的东西，他突然用尽全身力气撞了上去。自身的能力、材料的有无、设备的可能性、周围的环境都必须考虑进去，从此，他便将整个身心都投入到了青花中。

我们可以想象他那热情迸发的模样，想象他那被妖怪附体般的疯狂和他经历种种困难与惊喜交杂时的模样。

他最先撞上的难题是材质。几乎玻璃化的瓷器那深沉的性格让他从头到尾烦恼了许久。身边任何器物里都没有发现类似的东西。虽近似于玻璃，却又远胜其上。在他至今以来见过的所有陶器中，从未有过这般不可思议的物体存在。解开这个谜题是他的首要任务，也是最后的工作。

没多久，在这个"他"还苦苦沉思之际，另一个"他"带着尝试的心态来了。在化学的黑暗中，即将点燃发明之火的"他"从漆黑之中出现。他是在何处解开谜题，又是在哪里发现谜团线索的呢？

火候和原材料的关系打乱了他最初的思考。首先尝试的是研制陶土的新配方。在进行了各种调配之后，将其运用于原有的制陶技术，结果却都没能达到瓷化的效果。

尝试加入玻璃粉末，却只是将其烧实，并未使其熔解后凝固。试着在高温中加入食盐釉，也只是把胚体弄脏而已。

像沼泽地般的荷兰当然不可能拥有长石与瓷土。在明白这项工作从原料开始就让人绝望之前，他已经试遍了所有方法。整件事如水中捞月，但他的手已经沾湿。

其间又过去几年或几十年，很快，他大概也倒下了。即便如此，在像他一样的无数个"他"中，他依然生机勃勃地存活着。终于，旋涡般的努力渐渐抵达中心点——发现仿制的不可能。迄今为止的目标只能放弃。但，这并不意味着失败。毋宁说，眼下的放弃为接下来那个破天荒想法的产生制造了巨大的动力。

好吧。既然做不出瓷器，那就做成和瓷器类似的物体。——即使心有不甘，也必须按这个法子试试看。把对瓷器的情感放入陶器——悉数投入等待他们已久的陶器中。

这是一条不同的道路，却也是一条可能的道路。虽然制造近似物品替代是一种欺瞒造假的诈骗手段，结果却意外地滋生出另一种真实。这一次不再像从前那样前路未明了。虽然经验还很朦胧，但在其光晕的笼罩下，制作工艺得以向前推进。然而，这也并不是一件容易的事，不像培育某种作物成长般容易实行，而是一次不试着去做就不知道能否成功的冒险。

青花瓷像太阳一样，每天都在他们眼前发出耀眼的光芒。无论如何，眼下的首要任务是要把手中的陶土在视觉上变成白色。虽然已经掌握了得到白土的方法，但即使上色也无法达到瓷器色泽那样的深度。将陶器上的釉挂得厚一些，或是将釉药调得浓一些，都无法得到理想的颜色。就这样，他们再次撞上了难题，在漆黑中摸索了好长一段时间。

终于，因为一次偶然或是谁突然想到的法子，他们试着将锡加入釉药，发现其透明度渐渐降低，颜色也化成了乳白，将红土制作的陶器变成纯白色的方法终于被他们发现了。更让人意外的是，用这种方式上色的胎体竟然以假乱真地散发了瓷器般深邃的色泽。

这或许是从玻璃的制作方法中获得的启示。总之，走到这一步，差不多已经大功告成了。他们终于离瓷器的润泽度越来越近。虽然陶器无法发出磐玉般动听的声音，但用高温将胎体烧紧后，硬度也能提升至相当的程度。至今为止，离达成"类似"的目标已经走了大半。剩下的只有上色这道工序了。

即便是原有的颜料也必须参照样本进行试验，在这里则是将金属、釉药和火焰的相互关系进行大致的调和。不过，这个过程已经是能看到结果的愉快作业了。

很快，他们发现这种颜料是以钴元素为主的铁与锰和土合成，在釉上进行彩绘能得到喜人的效果。但还没结束。

他们摸索出的方法不是像中国生产的青花那样在素胚上绘画，而是上釉后用颜料勾勒出图案，再在其上喷釉，将花纹夹在釉药与釉药之间进行烧制。

图案、颜料在这釉药的夹层中吸收了充分的营养，且有效防止了因素胚和釉药的收缩而产生的细裂纹。终于走到这一步，再往后就是他们的自由了。

烧成的物品里潜藏着中国青花的影子。渐渐地，在初期成品中还能看到的中国风格的山水楼阁不知何时被本国的古城与风车等风景取代，花鸟人物也终于摆脱了东方特色的异国风情，带有明显本国气息的荷兰陶器终于完成了。——以上，是我如今的猜测。

当然，这只是关于荷兰陶器的见闻记载，事实究竟是否如此，便是我无法肯定的事了。

昭和八年十二月

石佛的影像和坂本万七[1]君

　　这一系列的影像将我心底某种未知的东西唤醒、摇动并驱逐出来了。以此为契机，我清楚意识到诸多未知物在我体内存在，并蠢蠢欲动着。

　　这些影像，是指由下野国[2]大谷附近的德二良部落的石匠们制作、埋在此地墓场里的石佛的照片。

　　与其说是这些影像令我感到震惊，不如说是这些影像唤醒了我体内潜伏的未知物这件事更让我惊讶。不只我，想必接触过这些影像的人体内都有同样的东西在苏醒、复活、显露，并开始活动。

　　我们都意识到，自己平凡身体中的未知之物是被这些照片唤醒的，也是从石像制作者们那贫瘠知识和技术的产物中苏

---

1 坂本万七：日本的摄影家。尤其擅长拍摄民艺品和佛像。其遗作《冲绳·昭和十年代》中登载了他于战前在冲绳各地拍下的珍贵照片，多被电视节目作为影像资料使用。

2 下野国：日本旧国名。位于今栃木县，属东山道。

醒的。

眼前，以莲花瓣为后盾、垂着一缕缕头发、身穿斗篷状外衣的石像正睁眼凝视着我。这是何等没有章法、令人意外却又果敢的表现手法啊。然而，这又是多么逼真的人像啊。这简直是用一派谎言固定而成的真实人类，无论谁看了都会感到厌恶吧。会对自己熟知的佛像造型产生厌恶吧。

如果没有莲花宝座和背后的莲花瓣，这样的石像是不会被视为佛像的吧。因为相对于被象征的死亡，这座人像仿佛还活着，并在不断否定自己的死亡。

其中还有给带着骨架的半条鱼接上脑袋的入江民男和入江芳男。而附着在佛像上，如豆粒大小的脚极其谨慎地支撑着这座石佛的重量，似有似无的小手用尽全力祈祷着。

那立在风中草中拈花微笑的女人像是谁？升入梦一般美妙的极乐世界的存妙玉童女与智惠子像。仿佛永远站在此处的三个可爱的童子像又是为了纪念谁？这些石像中有很多是丧命于时光长河中的兄弟姐妹吧，影像栩栩如生地触动着观者的心房。

通过石像，我又邂逅了许多新的作者。不同寻常的作者。但首先，这些作者必须切实掌握作为表现要素的"谎言"——不通过谎言便无法表现的真相——值得赞叹的是，这些作者能在不知不觉之中便将其掌握。与此相对，那披着"真实"面具的近代写实雕刻之中，又藏着多少谎言哪。

明治以来，声名鹊起的雕刻至今为止并未出过任何成果，这极度有损名誉的美之空白背面，却有这些偏僻地方的作者们传承着雕像的真意，赋予时代以意义，这是很难得的。

根据墓志铭所示，这些石像的制作年代大多是从明治到昭和，内容从宝历[1]至今都没有变化，作者不断更替，却世世代代如永生般存在，且从未显现疲态，他们持续不断地赋予一座座石像生命，雕刻着命运的真实。

如同被风吹来的种子般扎根于以大谷为中心的石头里的技术。至今依旧延续在适度硬度和石质中的民间信仰。

坂本（万七）君们发现的这些石像凭借他从适当角度对明暗的把握，变得鲜明起来。从中可以清楚意识到，这些影像不仅仅是告知石像存在的指南，更暗含着以此为对象拍摄作品的坂本君的视线。

昭和二十二年四月

---

1 宝历：日本江户中期的年号。

手工艺之塔
——给安部荣四郎[1]

土地与历史，传统与环境，环境与生活——站在这一连串事物的面前。

站在这些形态各异却紧密相连为一个整体的形象面前。

尤其是手工艺，如今，手工艺的组成形式正在被重新评估。

无论走到哪里都能看到手工艺品存在的日本。在传统之上搭建的环境，于环境之上经营的生活，被生活支撑着生长的身体，从身体中涌现的人们的思考——以适当比例组合而成的建筑——我脑中浮现出这样一座在坚实基盘上层层重叠，踏袭着绝妙韵脚建成的塔状物。

1　安部荣四郎：和纸制作家。生于岛根县，从小学习家传的和纸制作工艺，15岁时进入出云国制纸传习所。昭和六年与民艺运动的发起者柳宗悦相遇，加入民艺运动。曾在东京、巴黎、美国、北京等地开设和纸展。与栋方志功、浜田庄司、里奇等人相熟。被认证为日本的"人间国宝"（日本非物质文化遗产保有者）。

遍布日本各处的手工艺之塔，被山水草木围绕，也耸立着纸之塔的日本。

昭和二十六年十月

思及高桥一智[1]君

像高桥一智君这样全身心投入陶器的男人很少见。与受惠于传统和环境的陶工不同，他在津轻这种偏僻的地方依然坚持与各种不利因素和恶劣气候作战，从不逃避躲闪，一心祈盼工作的顺利进展，这很了不起。

我曾在藏王山[2]山麓目睹过冒着冰雨在满是石子的荒地里收割谷子的农民。那场面实在是庄严至极。当时立刻想起了高桥君，他所做的事就和这农人一样，想到这儿，我全身的热血都沸腾起来。那样的荒地究竟能带给人多少收获呢。

就算他的陶器像那稗子或谷子结出的颗粒般贫瘠，也是无比崇高的果实。他使用的原料与我们不同，是靠自己竭尽全力获得的产物。那些掺入白色素胚中的石子必须由他亲自从遥远的山中挖掘、搬运、研磨。这样的原料即便只是一捧土，也得

1 高桥一智：昭和时代的陶艺家。河井宽次郎的住家徒弟。
2 藏王山：位于日本宫城县西南部，盛产桃、梨，也盛行虹鳟养殖。

28

之不易。这样的土也是土，火也是火。但像他这样不被火焰青睐的陶工也很少见。

除了高桥君，我不知道还有谁在这样严苛的环境中依然一心向陶，他的陶器就是希望本身。高桥君是个老实人，一根筋，也很可靠。这样的他就像陶器一样，他做的陶器也值得信赖。因为这样的陶器里饱含作者的真心。百折不挠的真心。

高桥君是个纯粹的人，也是一件纯粹的陶器。话虽这么说，他的心意究竟能传递给别人多少呢，我对此十分期待。

昭和十六年十二月

外村吉之介[1]君与西崎纺织品

制作西崎纺织品能成为一份稳定可靠的工作，真是可喜可贺。这里说的稳定可靠，不仅仅是指纺织品的品质高，也是指制作出这种工艺品的生活方式很好。

虽然局促的生活也能孕育手工艺，但如果能有诞生于安定生活的手工艺，当然再好不过。

如陈列所示，工艺品都非常精致，确实如此。不过，从制作者的生活方式上看，这是再自然不过的，为什么这么说呢？因为他们过着一种只能造出好东西的生活——这种生活方式，外村君是如何找到的？想必大家都想知道。

在手工艺的世界里，的确还残存着一种不会做出残次品的生活。虽说不同的工作方式会导致作品内容不同，但在相同底边上建立起来的生活也会产生相异的结果，这是值得注意的。一种工作方式是将这条底边与作为高度的传统相乘，而外村君

1　外村吉之介：染织家、民艺运动家。出生于滋贺县。

的工作方式，是以反省为高度，乘以那条底边。

与传统对抗的行为，我们称为反思。就外村君的情况而言，与其说他是在对抗传统，不如说他已经将反思作为一种本能了。由于他在工作中加入了这种晦涩的尺度与尺寸，其作品也更有辨识度。

那么，是什么支撑着这份难得的反思精神呢？答案就是倾注于人与物之中那抑制不住的热情。它静静压缩，又被皮肤温热。以职人们各自拥有的生活方式为底边，内心的追求为高度，二者相乘获得的面积就是这些纺织品，我想告诉大家的就是这些。

外村君进入纺织行业不过两年。在这么短的时间内就进步到如此程度，不仅仅是靠他自身的努力。

外村君担任牧师的同时，也是一位织布工人，这乍看叫人费解，实际上并不矛盾。从他的立场来看，不过是将人们倾注在他身上的希望倾注到织物中去，让人们心中绽放的花朵也在织物里绽放，如此而已。外村君并非处于二者之间，而是这两种出自同一根源的现象相加相乘，重新回到他的身上。其间滋生的力量又被他倾注到人与物身上。如此这般，两项工作在彼此磨合的同时，也各自深化扩张。

进入壮年期的外村君对工艺品的好奇心越来越旺盛，这也促使他最终投身于纺织行业。事实上，说他是被推入这个行业的更为恰当。要说他对工作有什么直截了当的准备，大概就只有一个明确的目标，加上无法抑制的热情了吧。除此以外，他什么也没有，但还有比这更好的准备吗？

这位外村君作为经线稳定下来之后不久，柳悦孝[1]君也立志学习此道了。工作上需要的经线纬线也就这样备齐了。悦孝君并不懂纺织技术和相关知识，只是仰慕外村君才来到这里，如今却已深深陷入这稀有的工作中，再也出不来了。不过，像他这样的纺织外行究竟为什么要纺线，为什么要染色，又为什么要织布呢？

只要有抑制不住的热情，无论在哪儿都能学到手艺。就这样一个接一个地传授下去，手艺的延续将永无止境。

昭和九年二月

1　柳悦孝：日本染织家。柳宗悦的外甥。

栋方志功[1]君及其工作

栋方君其人

栋方君最新创作的十幅《华严谱》插画送到了。看了这些画，久未谋面的他恍惚浮现在眼前，他昂首挺胸说过的话语也依稀回响在耳畔。这半年他究竟在干些什么，这一类话语也似乎清晰传入我耳中。

据说这是一本由二十多幅图组成的力作，所有的画我都很想看看。不过，如今虽然只有十幅，倒也足以与之对话了。

与栋方君相识的日子尚浅，但彼此之间的交流却相当深，契机是今年春天他创作的绘卷[2]《大和之美》。从那以后，我

---

1 栋方志功：日本木板画家。闻名于世界的20世纪美术界代表之一。出生于青森县，受川上澄生的版画《初夏的风》感染而决心成为版画家。1942年以后，他将"版画"改为"板画"，擅长发挥木板的特性进行创作。
2 绘卷：画卷。一种卷本形式的绘画，一般由说明性文字及与其内容相符的图画交替连缀而成，观看方式为两手持卷，由左手展开，右手收起。起源于中国，平安时期发展为日本独特的艺术形式。盛行于平安、镰仓时代。内容有佛经故事、物语或日记文学、传说故事、寺院缘起及高僧传记等。

便称他为"熊之子"以表达敬爱之情，现如今，他果真变成一头熊了。

栋方君一定能明白这个称呼的意义并欣然接受，但不了解他的人或许无法理解。

人不如野兽。——这是当下的常识。因为我们意识到动物拥有睿智和本能，而人类与之相较如同粗制滥造。

面对如今的栋方君那澄澈的睿智和暴露无遗的本能，我断定他有着震撼人心的力量。看了他的作品，人们体内潜伏的那股曾经奔跑于山野的荒魂[1]将再度苏醒。他确实能够唤醒人们心底隐藏的狂野精神。

谈起美时，他是个比常人害羞许多的温柔绅士，与此同时，却又是个毫无畏惧的勇士。就像他挥洒着汗水唾沫横飞，偶尔甚至激动得跳起来一样，他的作品也挥汗如雨、唾沫横飞，仿佛要动起来，让人看了便心情愉快。不过，倘若有人认为他的行为和作品粗暴无礼，那人不过是被洁癖、凝滞与礼仪的幽灵附体罢了。栋方君使用的不是灵巧的小刀，而是粗大的船舵，从他身上，我看到了人的真性情，从他的画里，我看到了画的骨骼。

1　古代日本人认为，神灵是由具有不同神力的灵魂复合而成，并将其分为两类：荒魂与和魂。荒魂表现为粗暴、勇敢与狂野，与之相对，和魂具有柔和、仁慈的美德。二者通常融合在一种神格之内，但有时也会分离为两种神格各自行动。

他的华严[1]入口并没有镀金的大门，而是立着塑料花般的纸莲，绽放出绚烂的花朵。这样的莲花推翻了人们对莲花的陈旧印象，也正是在栋方君那清澈池塘里绽放的第一朵莲花。此外，匾额上的字也并非粗粗写就，反而庄严正气得令人仰视。这个入口与接下来将要进入的由他创造的佛国十分相称。

他把故乡津轻的农民形象移植到穿短衫的太阳神神像里，让故乡的姑娘们化作普贤、文殊等菩萨模样，将三尊佛那深刻的默示降格为座谈会的形式呈现。如此这般，让现世介入佛界，把肉身乔装成佛祖菩萨真的可以吗？显然是无法无天，且与传统的庄严背道而驰。

然而这其中又闪烁着他所感受到的风格独特的佛性。他并未以古往今来的佛像画为基础创作，而是兀自开辟了一条新的佛像画之路。而至今为止那些辉煌的佛像画中潜藏的力量，也都改变形态进入到他的画里来。

雷神、风神、不动明王的画像便是最好的例子。它们显然都是栋方君的化身。不动明王周身涌起的火焰不正是他体内熊熊燃烧的热情吗？我们都知道，他的一切作为中都蕴含着某种严肃性，那似乎要剿灭一切邪恶的气魄，也十分强烈地传达给观者。虽然我从未亲眼见过，但他实际的性格中想必也隐藏着那样的愤怒吧。

雷也是如此。呼唤着不知是云还是雨，气势磅礴地滚滚而

---

1 华严：佛教用语。指释迦牟尼成道之初在菩提树下所说的大成无上法门，也指华严宗所说的大乘境界。

来。确实，栋方君身上也有那种力量。

他时而像风一样吹来。不是微风，而总是狂风一般席卷着四周向前推进。朝着某个方向——显然是朝着某个目的地勇往直前。

过去的风神肩上都背着个大袋子。袋子里装着生活所需的粮食。而栋方君的风神裸身赤手，什么都没带。这样的风神难道不正是他本人吗？他心中的西方净土是粗犷的，凹凸不平的，但在混沌中却让人看到某种值得信赖的未来。他将收纳这些狂佛的画卷命名为《日没》[1]是很恰当的。

栋方君的华严谱是否能够作为佛像画成立，这并不重要。对我而言，这些画中展现的鲜活之物更有价值。

他曾经说过，自己想干的是不用五根手指，而是像鬼一样挥舞三只爪子的工作。比起能够从中获得满足的，他想从事怎么也干不够的工作。显然，这个心愿成真了。栋方君是个行动力超乎人想象的苦行者，这些画也只有他这样奋不顾身的人才画得出。

今年夏天，他寄来的几张明信片里都写满了光着身子没日没夜工作时的喜悦。听说他那阵子总是一边嚼着咸鲑鱼一边绘制华严谱呢。即便如此，他嚼咸鲑鱼这事大概也并非出于爱好或一时的兴趣吧。说起来，我也想到一些与此相关的小事。

遗憾的是，真挚之物往往诞生于痛苦中，栋方君也不例

1　《日没》：指栋方志功的作品《華厳譜＜日没の柵＞》（1936 年作）。

外。大多数人都放弃的时候，他总能振作起来。与此同时，他也是个温柔纯粹的人。一想起他，我总能感到周身的热血在沸腾。

他对工作的沉迷之深，到了让人担心的地步。那无论遇到任何困难都一定要成功克服的强烈意志足以使人信赖。他那仿佛在朝火里浇水一样，将遭遇的困难一点点消灭的身姿给我留下了深刻的印象，那明朗、果断、有活力的样子仿佛就在我眼前。由此，我想到了他通过接触物品提炼出的那些使人讶异的东西，想到他对工作付出的努力、怀抱的梦想。

然而这样的他也并非只有与生俱来的才能，他至今为止走过的道路之艰险，超出人的想象。想必正是那些磨炼孕育了如今的他。摆脱束缚，切断零余，抛弃累赘——但究竟他摆脱了什么，切断了什么，抛弃了什么呢？若能得到解答，这将是他身上最值得学习的经验。

每个人都拥有自己的天赋。——这是我多年来的主张。虽如此，也并非每个人都能找到。如果能找到并加以打磨，就一定能发光。如今的栋方君正在展现他的天赋。站在他的画前，我琢磨着那天赋究竟是什么，站在他暴露出真正自我的画作前，我思考着。本能究竟是什么样的？那并非容易窥见的东西。到头来或许是公正无私的劳作——类似这样的答案对不对呢？虽然眼下我只能想出这样的解释，但也多少有点价值。

我认为这个公示表明，他从自己的身体里减去了"私[1]"的部分。渺小的私，污秽的私，错误的私。减去一切"私"以后剩下的是什么呢？他这次的作品便是答案。栋方君，祝你身体康健。

昭和十一年十二月

栋方君的工作

对我而言，将栋方君和他的工作分开来谈是不可能的。他对工作的付出就是如此忘我。身体与工作浑然一体，像他这样的人很难得。

我曾见过栋方君受人之托所刻的藏书票里，有一张裸女曲肘代枕看向这边的图。问他这是什么，他说是文殊菩萨，还想将其题名为"文殊开眼"，闻言，我被逗得哈哈大笑。

人有时会碰上一些除了付之一笑不知如何应对的局面。我曾在冲绳丝满[2]一栋新建民居的屋檐下见过用作除魔的狮子。与其说是狮子，它更像人类，两只前足直立，后足下蹲，大小约有三四尺。吊着两条小偷般又粗又黑的眉毛，张开滑稽的朱色大口，躯干像老虎一样涂成黄色，粗壮的大腿上还有两团意

---

1 日文中的"私"既可以指"我"这个个体，也可以指私事、私利、私欲等抽象概念。夏目漱石晚年曾把"则天去私"作为理想心境，指舍弃我执，投身于类似"谛观"的调和世界。此处的"去私"或可与之对照观看。

2 丝满：位于冲绳最南端的城市，渔业兴盛，自古以其独特的赶捕网鱼法而闻名。

义不明的红晕。那张脸是在生气、哭泣还是大笑，完全看不分明，这种性质不明的脸究竟是怎么做出来的呢，我不禁哑然失笑，但那石像不仅崭新，还非常干净。这真是超乎想象的怪异离奇、难以言喻，同时却又无比认真努力的作品，它的精彩无法用三言两语来形容。虽说如此，我第一眼见到它时还是忍不住地笑出声来了。究竟这头狮子的什么地方那么好笑？如今想起来真是不可思议。

栋方君身上也有类似的东西，某种奇怪的，并非靠修行和努力就能拥有的特质。每当我想起造出丝满狮子的泥瓦匠所拥有的奇妙能力时，也在栋方君身上感受到了与他血脉相连的祖先们那狂野的呼吸。

在他曾经出版的《华严谱》版画卷中，各个佛像后都添加了标题。例如：爱染明王万岁、真身万能、婆罗门女御指挥图、阿修罗三面像、释迦尊座谈会等等。每个名称都引人发笑，很有栋方君的特色。但也托他认真努力为此取名的福，我们重又在他那儿获得了带有乡土味道的神佛。他的佛像向来都被装点在乡野的大殿中。

过去曾被选为青森乡村新民谣的一首歌咏八甲田山[1]的曲子中，有一句"是北方的屋脊吗，展示着国土疆域的辽阔"。栋方君唱起这首歌时声音很难听，气势却很足，从中能嗅到附

1　八甲田山：青森县中部的火山群。由以海拔 1585 米的大岳为中心的北群和以海拔 1517 米的栉峰为中心的南群组成。

着于他身体之上的故土的味道。

他体内的各种因子无法安静下来，总是狂暴而热烈地忙碌着。他对任何事物似乎都是这样永远处于高温状态，必须用烧得正旺的大火去焚煮。因此，脆弱的人总是被那过度的暑热逼得难以接近。

他总在沸腾，让所到之处都熏染上他的味道。那气味与香料无缘，是夏日骄阳下干草蒸出的热气。浓厚而芬芳，强烈而激壮。

比起版画，用木刻画形容栋方君的工作似乎更为合适。因为如果称其为版画，很容易与印刷图画之类混淆。为了画而使用木头，与活用木材进行绘画，二者应该是截然不同的。

将雕在石头上的文字用毛笔摹写，与这种学习书法风格的愚钝相似，版画是通过长久的打磨将笔意展现在木头上。他灵活运用只有木头和金属才拥有的线条，开辟出一条全新的道路。

我常常遇到看不懂栋方君画作的人。由于他的画作并未得到精心的整理、美化并附加说明，因此很难理解。就像他请人吃芋头，端上来的芋头却都没有洗过一样，谁看了都会吃惊。

他在工作中会将自己也拿不准的东西和盘托出，常常这样做，自己却还认为相当有把握，真是非常随性，也因此让人对他的未来充满好奇。

我曾经见过栋方君工作时的样子，速度之快让人目瞪口呆，甚至给人感觉是在乱来。事实上也不乏果真变得乱七八糟的作品。但那是否只是一种为了配合涌现的思考速度而把身体也调整到同样程度以消灭任何杂念萌生的可能的手段，而在不知不觉中就形成了这样的速度呢？他明白速度太快的缺点，但却不得不快。快速地跑啊跑，跑完全程，然后才回到正常的步调。不过，大概是他长期锻炼的结果吧，总是让观者担忧，自己却意外地若无其事。虽然偶尔也有令人发笑的失败作品，那也是用尽全力后的失败，仍然叫人心情舒畅。他似乎并不在意结果，也不如人们对他的在意那样将这些放在心上。画完释迦十大弟子之后，各方反响都不错，他也因此扬名，十分高兴。

因为他有严重的近视，所以看东西时必须把脸贴上去才能看清。大一点的东西、远处的东西究竟能不能看清，他自己也不知道，不过从结果来看，看不清似乎反而是件好事。如果能看清，是不是就不会画出那样的作品了呢，我不禁如此想道。如果了解丝满的狮子就做不成那样，跟这个道理一样，栋方君身上也有类似的特质。因为了解才去从事的工作是能掌握全局的。不了解却还能做成功，比起了解而去做更加难得——这就是我想告诉大家的。

栋方君啊，请保重身体。

昭和十四年十月

给栋方君——关于天神地魔合欢传说

看了你的近作，六张连续的大幅画作。那是什么？多么狼藉的作品，多么放荡不羁的表现，多么光彩照人的劳作啊。这是无比崭新的喜悦。既有野兽的狂野，又有人类的高贵，真可以称得上是乱七八糟的美术。我至今想起来仍觉热血上涌，精神振奋。

那野兽究竟是什么？彼此谈笑着一派天真的模样。那又是怎样的搭配啊。修罗与天神怎会如此亲密？那贺喜的鸟儿们是怎么回事？日本的假名文字"いろは"[1]为什么能如此契合地游走于如此难看的纹样之间？这一切都像是美妙到令人愤怒的谎言。是高贵的无礼。多么芬芳的伪造品啊。

你比最近横行霸道的拦路劫匪还要过分。你不只要扒掉人的外套，还要抢走人身上所有衣物，简直就是强盗。只留下人们灵魂的强盗。如果没有你这样的强盗，人们就无法意识到自己最重要的是什么。然而大多数人都不愿去看自己的灵魂，觉得可怕。于是警察前来镇压，说你的美术低俗，应当避忌。不过，管他那么多呢。他的话是那么无力。你伫立于高峰之上，站在与世隔绝的高峰之上。你兴奋，你昂扬，冲向更高的地方。

从那以后，我和每一个前来拜访的人都说起这件事，但

1　即伊吕波，是《伊吕波歌》开头的三个假名，也有引申义"最基础""最基本"之义。

还是觉得不够，现在还要写下来。但那份喜悦却无法书写。万岁。

你是拂晓时分的撞钟声，是白昼的制造者。你不是人类。你的体内总有充电后的高电压。无论是独处还是与人相处，无论寒暑、露天或室内、清洁或污秽，无论宽窄，也无论时间地点，只要按下电源，你的工厂就能立刻轰鸣着开始工作。——让人眼花缭乱的生产。

你曾说，等到传动轮的状态变好，工作早已完成了。你的工厂能从事大量生产，但你并不会让所有产品都通过。你的工厂当然也有质检员。但自己对自己的检查筛选究竟能有多严正呢？关于此事，我并不认为你很成功。不过，只要不让我们失望就好。因为这里还有另一位真正的质检员，那就是"世上只有优秀的事物存在"这位质检员。

你曾说，自己对工作似乎没有责任感。这真是你才能说出口的话。也正是你才能够被原谅。工作不到这个份上不能说真正深入。祝贺你。

昭和二十一年二月

芹泽銈介[1]君及其工作

芹泽君其人

芹泽君最近的型染[2]作品之一，是在藏青的底色上用白色染出沙洲海滨的形状，并在其中添加红绿色的山水纹样。就像在蓬莱山形的盆景中装饰高砂[3]的连理松那样，作者将山水迎入了作品中。

在红色的海面上放置蓝色的岛屿，细心地放置。又在旁边配上紫色的船帆、绿色的云，殷勤地配置。这大概可以理解为作者对自然物表达礼仪的标记吧。

1　芹泽銈介：出生于静冈县，日本的染色工艺家。日本重要非物质文化遗产"型绘染"的发明者及保持者，被授予"人间国宝"的称号。作为 20 世纪的工艺家代表之一享誉海内外，也是民艺运动的主要参加者。

2　型染：纸版印染，使用印花纸板、印花纸型印染花纹的染色法，也指以该法染出的物品。

3　高砂：位于日本兵库县南部加古川河口的城市，既是重要港口，也是风景名胜。市内有以连理松闻名的高砂神社。

站在这扇开启的型染之窗面前，能看到圆窗和角窗内的各色景物。春日的纸拉门[1]外种植着谨慎的红梅、善良的青柳。各个季节的蔬菜和花鸟络绎不绝地以真诚的姿态向我致意。在芹泽君的后园里生长的此类生物无一不新鲜清爽，毫不泼辣。它们大方而不骄傲，热闹而不嘈杂。

他染过落叶花纹的腰带。那一枚枚真实形态就散布在他的庭院。坐垫的布面上秋草繁茂，仔细一看，有雅致的花，鲜嫩的草，藤蔓、芦苇和芒草也欢喜地生长着。每一种都是他祖辈留下的庭院中所有的。不过，从芹泽家的窗户中看到的景物不可思议地美丽光鲜，这是为什么呢？

型染之中有在圆纹之中绘制伊索寓言的作品。例如，马和蝈蝈相对说话，芦苇和槲树争论不休，牛和鼠一问一答。绘制出来的草木禽兽们生活在榻榻米上，靠蔬菜和鱼肉成长，真是叫人愉快的事。

如果说和服上的条纹和碎花相当于衣服上的文字，那么印染就像其中的插画。好的插画能为文字增势，添加活力，在衣襟、腰带、袖口等细微处加以印染的服装也会产生质的飞跃。

插画即使从文字中摘取也可以独自成篇，同样地，印染品也可以独立存在——当然，这都是后来添加的理论，事实上，无论画轴、屏风还是隔扇屏风，都可以用到印染。

芹泽君将洗褪色或用旧物品似的味道全都寄托于古物之

1　纸拉门：在拼成格子的木框单侧糊上白纸的推拉门窗，在日式住宅内通常用于采光或隔开房间。

中，自己却一直保持着崭新的面貌，这一点十分难得。

昭和七年十二月

从芹泽君身上学到的

朝着不知是否能够成功的目标前进，如果成功便是了不起的事。一想到芹泽君此次的作品便是在这种状况下诞生的，便感到受益匪浅。

将自己嵌入已经十分熟练的工作或目标明确的工作中是件令人羞愧的事。重复作业和炒冷饭的工作也是值得羞愧的。只在规定的道路上行走而懒于开拓新的方向，也是令人羞愧的。自己究竟能到达什么地步呢？——更确切地说，人究竟可能走到哪一步呢。一直行到不能再往前的地方，这是生为人的价值。芹泽君的勤奋是作为人的本愿。

他从纹样的世界——从无言的世界迈向绘画的世界——讲故事的世界，这种飞跃是惊人的。这不仅仅是他一个人的成功，也可以说是世上无数生命的成功。这是因为曾经有过的生命、如今存在的生命、未来即将诞生的生命，全都从他此次的作品中获得了祝福。

没有什么比生命本身更珍贵。他的作品首先让我们感到喜悦，喜悦之后甚至自发想要感谢，感谢过后仿佛又获得了无限希望。对芹泽君报以感激的人大概不止我一个。

昭和十二年六月

从画传[1]中学到的

芹泽君这次关于法然上人[2]的画像和画传比起以前的作品又进步了很多。不只拥有充分成熟的样式美，嵌入样式中的内涵也毫不逊色。单纯的样式中隐含深邃之物。

画传中有一幅上人在四天王寺居住期间给乞丐施粥的图。观者往往容易被欣赏画面形式美的企图所蒙蔽，而忽略了隐于其后的深刻的宗教问题。这简直就是施与者与被施与者、丰产者与贫穷者、壮年与老者、健康与病痛、有德与无德之间的对立。试图将这两种极端对立的生命状态进行中和的行为——施舍这一场面，想必已有许多有趣的解说。

听闻慈悲之举在宗教之中十分重要，其中似乎也包含了各式各样的种类。想将施舍用于夸耀的施与者，别有用心的施与者，因怜悯而施与者，因悲伤而施与者，因快乐而施与者。但这幅画里所表现的施与方式不属于上述任何一种。

这里能看到的只有从有到无，像水和风这样的遵循自然法

1　画传：用绘画和叙述性文字连续地表现高僧的传记、寺庙的缘起等内容。

2　法然上人：日本净土宗的创始人。早年在比叡山等地游学，后定居东山吉水，倡导专修念佛的教义，并感化了许多武士和农民皈依。又由于受到旧佛教的激烈压迫而流落于四国，后被允许返回京都。其著作有《选择本愿念佛集》等。

则而产生的现象，没有任何物质交换的纯粹行为。确实，这位上人很了不起。那是令人刮目相看的了不起。

这样的施与方式不是轻易就能做到的。然而，让人感到惊讶的是，这位上人的神情中有一丝身为施与者的愧色。虽然像法然这样的人物身上不太可能出现类似的情绪，但作者却似乎用了十二分力度，来将上人的愧色——多数施与者都会产生的愧疚神色，以这位上人为代表展现出来。这究竟是怎么回事呢？

画中还有一位被施与者。如老朽的枯木般摇摇欲坠的乞丐那暗淡的境遇，在芹泽君笔下变得很美。这位乞丐看起来也很纯净。

乞丐除了接受，什么也没做。没有求助于人，没有自贬身份，没有谄媚或蒙骗，也没有表现得很寒酸。除了接受被施与的东西，他什么也没干。此外，这个乞丐身上也没有显现出一丝一毫受施舍者常有的自卑感。真是个无可挑剔的乞丐。

按理说来，接受应该比施与更让人感到自卑，不幸的是，现实正好相反。这又是怎么回事呢？比起上人，我倒觉得这位乞丐更显尊贵。虽然不胜惶恐，但确实，这样的乞丐难得一见。

于是我想，比起接受，施与大概要难得多。我从芹泽君这幅作品中学到的是——施与之事最怕暴露。

昭和十四年四月

谈吉田璋也 [1]

关于古民艺，应当传播给大众的知识似乎已经得到了大致的普及。它们为什么美，如何制作，在哪里由什么人做成，这类事情似乎已经得到了大致的归纳。

但新民艺是什么，怎样才能孕育，孕育之后又该如何培养才好呢，这类事情属于接下来的任务。眼下仅仅是踏出了第一步。关于此事，吉田先生是最值得学习的人，此后还有很多需要请教他的地方。

吉田先生对"器物之美"的关注之深，想必不用我多言，正因这份关注，才塑造了吉田先生这个人。在此之后，他对"器物的社会性"的关注也渐渐显露，这让他在对美的关注基础上挖掘出一个更大的问题，并以此作为他深刻而巨大的动力。这

1　吉田璋也：日本民艺运动家，医生，出生于鸟取县鸟取市。因为对柳宗悦的民艺运动产生共鸣而参与活动。为了将柳宗悦所谓的民艺之美融入日常生活中而制造出新的民艺品，此举后来被称为"新作民艺运动"。他自称"民艺制作人"，对民艺的普及有很大的推动作用。

种对社会性任务的醒悟慢慢赋予了吉田先生顽强的特征。应该意识到，这件事为防止民艺动辄落入美术陷阱的危险起到了很大的作用。

吉田先生从不满足于器物本身，越美的器物越是吸引他深入，将他推向某项工作，在磨炼中塑造自我。他也不满足于从某处得来的物品，得到之后总要改变其形态再物归原主。比起将物品送给某个人，他更乐意将其投入社会之中。由此，我们与其说他是被美丽的器物驱动，不如说他是被"正当之举"驱动着。

这对今后的民艺来说是很值得庆幸的事，因为美术源自器物，民艺则源自事情。事实上，民艺必须将重点放在事情而非器物上才能得到发展。因此，吉田先生不像器物制作人那样以做出物品为目的。不予以推广，或无法在大众中推广的器物，便不成其为民艺。

吉田先生不像匠人们那样惧怕器物，即便物品上存在些许瑕疵也不介意，因为修正即是民艺之路。做得不好就重做，即使认为做不出来也要做做看，想尝试去做的就一刻也不耽误。他是一个冒险家、行动家，也是策划人。这就是塑造出民艺之母吉田先生体格的骨架。从中，我们能看出吉田先生作为"制作者"的面貌。

能像吉田先生这样坚定造就出自我的人很少见，"精巧工艺店"[1]则是其意志的代表。如今这个时代，若说什么"开店不以利益为基本原则"是会引人发笑的吧。但吉田先生就是开了这样一家店并营业至今。这绝非一件容易的事。从中，我们能看出吉田先生作为"培育者"的面貌。

"精巧工艺店"是新兴民艺唯一的希望，它任务艰巨。幸而最近听说店里已经开始盈利了，真是让人欣慰。当然，这也全靠浅沼喜实君他们非同一般的努力。让我们期待这家店的未来吧。

昭和十三年十月

1　精巧工艺店：首家店位于鸟取市，是吉田璋也为了普及民艺品而策划修建的。不仅可以欣赏美丽的物品用具，还能购买并用于自己的生活。翌年在东京银座开了第二家，不仅展览贩卖鸟取的新作民艺品，还担任全国民艺品的流通机构。鸟取县的精巧工艺店旁，还并列修建着吉田创办的美术馆和餐厅。

与里奇[1]分别以来

明治四十三年[2]（或四十四年），由《白桦》杂志主办的"罗丹展览会"在赤坂的三会堂举行，并列在侧的是里奇的作品，这对当时有意进入陶器制作领域的我而言是一件大事。

对这个已然踏入陶器新方向的西洋人，我确实感到十分惊讶。对于他作品里显露的那种我国现有陶器中未曾拥有的生机，我也感到异常愤懑。仿佛自己想做的事被别人抢占了先机一般，胸中郁闷无处倾泻。如今回想起来，说里奇是唤醒我对陶器的热情的其中一人或许更为妥帖。

并列摆放的红茶茶具、香盒与壶强烈刺激着我的意识。我们的素烧[3]粗茶陶被他稍加改动后变成了红茶茶杯。我们的陶瓶则摇身一变成了茶壶。传统漆器中那陀螺形的烟盒变成了崭

1　里奇：指 Bernard Howell Leach，英国陶艺家、画家、设计师。屡次访问日本，与白桦派和日本民艺运动有颇深的渊源。曾协助柳宗悦建立日本民艺馆。

2　1910 年。

3　素烧：不施釉。

新的乐烧[1]香盒[2]。中国的生姜壶[3]成了广口的花瓶。我国流传下来的这些物品都出人意料地改头换面了。

我带了只损坏后用金修缮过[4]的壶，正要和堂兄商定交易价格的时候，里奇说给他一点时间可以帮我把壶改造得更好，于是我们约好便各自回去了。

大约过了一个多月吧，我收到一张字条，上面写着"做好了，来拿吧"，于是立刻前往上野的樱木町去拜访里奇。在他那新建的整洁房屋内，通过走道进入客厅的榻榻米上摆满了陶器，连坐的地方也没有。就在此处，一个高个儿、鼻子像雕一样的西洋人迎上前来。这是我和里奇的初次见面。当时我还以为他是个四十岁左右的老人，后来才知道他只比我大三四岁[5]，于是哈哈大笑。

我只会几句英语，他也只会几句日语，情况如此棘手，我也拿他没办法，因此只是简单说明了自己的来意。然而语言不通并未成为障碍，看到那只壶被他做得如此讨人喜欢已经足够令我满意了。我和堂兄会永远珍爱这只壶。我们把它放在位于郊外山丘上萝卜田里的家中，用一大把波斯菊、大丽花，或是

---

1 乐烧：陶器的一种。天正（1573—1592）初期由京都长次郎创制的一种软陶，用手捏出形状后用相对低温的火烧制而成。根据施釉不同分为赤乐、黑乐、白乐等等。此外，也指非专业爱好者制作的用低温火烧成的陶器。

2 香盒：放香料的容器。

3 生姜壶：过去中国向欧洲出口生姜时使用的壶状容器，据说也在男女成亲时被作为送给新郎的礼物。后来，这种容器也被用来存放生姜之外的香料、盐等调味品。

4 原文作"金缮い"，指用漆来重新接合破损的陶器，在接合处用金、银、白金等粉末装饰，是日本独特的修理法。

5 当时作者仅二十岁出头。

菊花、芒草之类的植物装点。

我至今仍能在脑海里勾勒出那壶的样子，鼓鼓的外形，被火熏烧后的瓷质表面是他用含铁量高的吴须[1]染料绘制的小屋、烟囱、板车、沼泽等集约式的日本风景。这个壶在搬家的时候被堂兄送人了，事后才知道的我感到非常遗憾。印象中壶的底部写有一千九百零几年的年号。

那之后过了十多年，里奇回国前在大阪江户堀的高岛屋美术部举办个人展览，我们又在那儿见面了。这次不只见到了他的作品，还有他本人。我那早已荒废的几句英语没了用武之地，因为他已经能操一口流利的日语表达自己对陶器的热情了。

大约也是在回国前那一阵子吧，里奇到我在京都的家中拜访，见到阶级窑[2]时，他不停叫嚷着"好大好大"一边绕窑行走的样子我至今还记得。那是从他体内倾泻而出的、对工作的热爱。他一定觉得这座窑大得过分，叫人又羡慕又嫉妒吧。

里奇那阵子与光悦[3]的作品发生了碰撞，与光悦这个人也产生了接点。这在他的陶器中也有所体现。他对此颇有想法，

1　吴须：一种蓝染料，主要成分有钴、锰、铁。
2　阶级窑：最早出现在中国明朝时期的福建德化地区，由龙窑逐步改建而来，日文称"登り窑"。陶瓷器烧成窑的一种形态，建在斜坡上，由烧成室连续构筑而成。最下部有炉口，最上部有排烟孔，火力由下室以此推进到上室，可利用上升的余热作用加速烧成。日本自桃山时代便开始使用。
3　本阿弥光悦：日本桃山时期到江户初期的艺术家。京都人，职业刀剑鉴定师，对陶器、书画、漆器等的创作设计方面也颇具天赋。尤善书法，被誉为"宽永三笔"之一。

54

唠叨个不停。而我虽然孤陋寡闻，对他那与光悦相似，并被认为与其相当的陶器虽然也觉得有值得学习的地方，却因为心生厌恶而无法喜欢。与此相对，那时的我正在生产无名陶器的山中苦苦修行。

正因如此，我必然会对他那带有光悦特色的作品产生责难。他见我如此，立刻凑上前来，逼问"哪里让人讨厌，哪里让人讨厌"，真是个全身心投入工作的人啊。摇晃光悦之树的枝干，仅仅得到叶尖那样的微末成果对他而言是完全不够的。

这件事的重点不仅仅是光悦，还在于任何人都该像他那样不自我满足。这之后又过了十多年，我和里奇第三次相见的日子又近了。关于那件事，他后来是如何解决的，对此事的期待是我眼下的乐趣之一。

昭和八年十二月

那之后又过了十多年，我们第四次会面的日子又要来了。这期间他经历过些什么呢，对此感到好奇的想必不止我一人。

昭和二十八年一月

从陶器中所见的毕加索制陶

毕加索近年来的画作仿佛代表了整个近代的知觉和意志力。时代所具备的新鲜感、强大、明朗，与缤纷的苦闷感。他把这一切表现得淋漓尽致，几乎能和本世纪自然科学的业绩相提并论。作为世纪生命力之传达者的毕加索，世界借他表达着自我。

听闻毕加索眼下正在法国南部烧制陶器，有人说他使用传统的釉药与火力烧制着各式各样的东西。

最近我见到十几张椭圆形盘子的彩色照片，其中反映出谁在哪里做着什么——见到这个"谁"让人愉快。这只盘子也是如此。每一张都很有观赏价值，这观赏价值便是画中呈现的生机、坚定、与自由。

某只盘子上画着花椰菜和像鱼一样的东西——这是多么奇特而又新鲜的生命啊。亏他能熟练使用那生硬的陶土和釉药。

在椭圆形盘子上独自歌唱的毕加索。——但是，正如毕加索有他的性格一样，椭圆形盘子也有自己的性格，这一点任谁都能看出吧。没错，陶器也是一种生物。乍一看，谁都会为突然开始制作陶盘的毕加索的转变而感到惊讶。是啊，像他这般全身心投入陶器制作的画家找不出第二个了。然而仔细观察，会发现这个陶盘并没有接纳他。毕加索虽然唱出了歌，陶盘却没有应和。这首配合不协调的二重奏到底是怎么回事呢？从陶器的立场来看，很遗憾，毕加索显然是位不请自来的客人。但陶器也在等待他找到那个藏着制陶天赋的自己。

毕加索虽然行使了他的权利，却似乎忘了他该履行的义务。乍看之下他好像征服了陶器，仔细打量就知道陶器并未服从于他。

那无视盘子本身形状的玻璃碗和画着类似水果状物品的绘画——那在釉药闪烁的微光中呼吸着的静物——明知如此却依然无视形状的那份斗志。这斗志我十分理解。——然而，因为它无视了容器本身的形态，容器也反过来对抗它。简单说来，就是盘子也没把画放在眼里。这不只是盘子的败北，也是画的败北。这一类的盘子还有很多，二者未能和谐相处，对彼此皆是失望。

另外一只椭圆形盘子里还嵌有各种各样的脸孔。又或者该说，那盘子上的各色脸孔越看越像椭圆形盘子本身。二者之间的融合度虽然很高，但美中不足的是盘子被脸孔所淹没，渐渐失去了存在感。有一个词叫汗颜[1]。这只盘子在脸孔面前只能汗颜，观赏的人也会汗颜。

另外还有将鸟类、静物和人物巧妙画进盘子里的作品。因为每一件都值得一看，我稍微松了一口气，然而它们明明是画，为什么却没有以画的形态稳定下来呢？

基本上，在陶器上绘画只能抹杀画，而绝不能呈现它。这是个陷阱。但这人毕竟是毕加索，虽然落入陷阱，却还让画活着。话虽如此，它也绝不比在纸上或画布上生动。

这是个自古以来便诱惑了许多画家的陷阱——陶器自始至终都会抗拒从外部描绘的画。即便如此，为什么这个椭圆形盘子——偏偏还是这样一个形状奇怪的椭圆形盘子——会受到毕加索的热心追逐呢？这种自法国的陶器之祖伯纳德·帕利希[2]以来便被用来绘画的椭圆形盘子。说起这个，我又想到了荷兰的瓷砖。在陶器上绘画的陶器，和陶器上绘有图画的陶器。

毕加索早晚会抛弃这种借形之法，然后创造出新的形式吧。至少陶器还在等候着。总之，按眼下的状况看来，他应该选择没有形状的陶板。若想将自己的生命力烙印在陶器上，没有比陶板更好的载体了。除了画布和纸张，唯有陶板能以别样深邃的光泽、异常深沉的色调和更长久的不变性，永远纪念他的画作。

昭和二十五年一月

---

1 原文为"顔負け"，意为相形见绌、甘拜下风。

2 伯纳德·帕利希：Bernard Palissy，活跃在法国文艺复兴时期的陶工。

浜田（庄司）¹ 二三事

　　和浜田庄司交好以来已经过去二十多年。关于他的事迹若要从认识之初讲起恐怕能写一本书。正因如此，想说的太多，光是选择都很费功夫。因为他所有的事迹都称得上具有代表性。他就是这样一个条理分明、果断而全面发展的人。

　　无论到哪儿，做什么事，他都一心一意地圆满完成任务，几乎不怎么出错。浜田无论何时都很稳重，不管怎样坑坑洼洼的地面都不会跌倒。

　　浜田的作品也总是显示出一种计划性，那是因为他为人处事遵循着类似的法则。不只是创作的器物，他的身体状态和生活本身也遵循着某种优良的标准。正因为有这样的身体素质和生活习惯，才能完成这样的作品。

1　浜田庄司：活跃在昭和时期的日本陶艺家。作为重要非物质文化遗产保持者享有"人间国宝"的称号，曾获紫绶褒章、文化勋章等荣誉。热心于民艺运动，在柳宗悦逝后继任日本民艺馆第二代馆长。

浜田以自身经验告诉我们，没有条理的生活无法孕育完美之物。虽说散漫的生活方式不一定无法创造出美，但那仅仅是技艺，不能作为标准。想做出好的东西，回归与之相应的生活才是捷径，这是浜田教给我的。他之所以能不断造出好的作品，是因为他过着只能造出好作品的生活。

如果有人认为是先有"物品"才有"事情"，可以去听听浜田怎么说。他一直都素手迎接着接二连三的挑战。浜田无论干什么都会先确立牢固的根基，接着对在此之上萌生出来的事物进行调查、整理与排列。因此，他不会被环境所支配，也很少受限于物资或人为因素。甚至可以说，他是在前进中创造环境，调整物资，修正人事。浜田是吾辈之中耀眼的光芒。

　　　　　　　　　　　　　　　昭和十二年六月

献给柳（宗悦）

看不见丑陋之物的盲
只看见美丽之物的眼

为人燃灯之人
为人点燃佛前明灯之人

不走已有之路的人
走过的足迹变成路的人

昭和二十八年二月

第二章 窑场纪行

化妆陶器 [1]

器物只要制作成功就意味着一切，就已足够，也走到了尽头。然而面对它们，我却往往无法善罢甘休。

它做于何时、何地、作者是谁——想知道的事情太多，首先是想弄清楚它究竟是如何制成的。虽然有些不礼貌，但这就是创作者在邂逅器物时最先做出的反应。

第一次见到那个英国制造的化妆陶钵时，我便忍不住有了上述之举。

那陶钵与我们的陶器体形不同，眼睛颜色不同，语言也不同。这些已足够特别，可它浑身还透出一股亲切温和的味道，仿佛用整个身心在诉说什么似的喋喋不休。

我专心地竖起耳朵去听，却听不明白。着急也没有用。还

---

1 化妆陶器：用化妆土作为陶器的底釉，或用其改变坯体表面颜色和抗风化能力的陶器。

是弄不明白它是如何做出来的。

在这个大正十三年从英国带回来的大钵跟前，浜田说，它就像在蛋糕上外裹一层巧克力的外衣，再在湿漉漉的表面浇上融化后黏糊糊的糖浆，最后点缀上花纹的西洋糕点一样。即使果真如此，也让人越看越挪不开眼。

于是，我将这有着蛇腹般条纹的大钵抱在怀里，与浜田热火朝天地聊了起来。

没过多久，这件陶器忽然像着火似的逼向我，说：能做一个出来吗，试试看！

我从药铺买来了玻璃吸管，又从杂货店买来了素烧浅底砂锅。

在用等量的蜡石和长石调制而成的白化妆土[1]里加入铁砂，制成黑化妆土。

在玻璃吸管里装入白化妆土，广口瓶里放入黑化妆土，放好拉坯转台[2]，摆好手帕、竹篓，将浅底砂锅浸泡在桶里的水中，准备工作就完成了。

首先将吸饱水分的浅底锅擦干，在内侧涂上黑色化妆土。

1　化妆土：把较细的陶土或瓷土用水调和成泥浆涂在陶胎或瓷胎上后，会在器物表面残留一层薄薄的色浆，这种色浆称为陶衣，也叫化妆土、装饰土、护胎釉。
2　拉坯转台：将陶土放在旋转盘上拉坯成形的工具，也叫辘轳台。早期的拉坯转台是工人一边用手或脚旋转底座，一边在转盘上为陶土塑形；现代的拉坯台则是电动，只需用手在通电后旋转的转台上将陶土塑形即可。

这小小的一面池水像油一般静谧。接着用玻璃吸管里的白化妆土在上面先画一条线——很好。接着是第二条线——不错。最后是第三条线——完成了。完成了，果然完成了！黑色的泥池中，浮于其上的白色线条正在游动。愉快而安心地游曳着。

将浅底锅洗干净后重试，再洗干净再试。

平行线，波浪线，交叉线条，旋涡状线条，圆，点，角。接着用竹篦轻抚线条，试着将它们连接起来。成功了。成功了。这真是太棒了。

这样试来试去，最先做出的纹样是梅花纹。在啪嗒滴落的一团白色周围加上五滴略大的水珠。

每一滴水珠扩大后彼此交融，在边缘处留下漂亮的线条。再用竹篦将这些圆水珠轻轻拨向中心处，便得到完整的梅花纹。

等不及让它变干，于是放在炉子上一边烘烤一边盯着看。

润泽的黑泥表面镶嵌着清晰的白色花纹，闪烁的花纹呀——就这样待在那儿吧。然而随着热度遍及，陶胎上的花纹仿佛渐渐疲倦了似的，在热气中闭上了眼。

接下来就是重头戏了。花纹会浮出？裂开？还是完美地贴合在锅内呢？——拜托一定要成功啊。

但这次失败了。陶胎里产生了皲裂，花纹裂开了。不过这也并非意料之外的事。作为第一次尝试的结果，已经该满足了。好吧。既然花纹不能附着在素烧陶胎上，湿润的陶土总该行了吧。

把陶土做成煎饼的形状，尝试了各种花纹。只要有两三块成功就够了。我一边调整泥土的浓度一边擦拭、描画，擦拭、描画。接着把它们拿去烘烤。

那么，这一次花纹会翻卷还是贴合呢？

如果这次再翻卷裂掉就麻烦了。等待的时间真是漫长。

最后好歹是贴合了，但白浆过浓的几个地方浮了起来，有点剥落。当然，这种情况是由于陶土和化妆土的收缩关系造成的，那该怎么处理呢？

是保持陶土不变更换化妆土，保持化妆土不变更换陶土，又或是二者都更换呢？做法有好几种。那又该从哪一种着手呢？

只要能够贴合，贴合处自然会有线索。

还差一点。陶土啊，告诉我那一点点的线索吧。

这颗新来的英国"太阳"每天都照耀着我的工作场所。终于，花纹和陶土完全贴合了。连为一体了。凝固了。用手敲打也分不开了。用刀削也不翻卷了。再也没有需要担心的地方了。

终于烧成了。钵和盘子都烧成了。不必说，这是件值得高兴的事。然而内心某个角落似乎还残留着一些朦胧的阴影。扪心自问，那是什么？那究竟是什么呢？

　　就这样，差不多过了十年。这期间，这件陶器不知怎的和很多人结了缘。

　　这也成为后来柳（宗悦）发现并开创日本陶艺处女地"流釉"之美的因缘，由此产出了各式各样的成果，他似乎还准备继续，不知此后将如何开拓呢。

　　至少就我来说，我和这件陶器的缘分还没断。

昭和八年一月

濑户行 [1]

在门窗已然弯曲变形的破旧旅馆内住了一夜，天亮后，被烟雾熏黑的濑户小城在十一月末的晴空下露出脸来。

小城的三面都是山，窑场大都并列着依斜面而建。靠近东边山体的地方叫洞，靠北的叫北新谷，靠南的叫南新谷。从洞延伸至北新谷那道朝南的斜面上并排建着几个素烧陶器的大窑。朝北的南新谷是开始制作瓷器以来开辟的地方，如今林立着许多煤炭窑的烟囱。

破败的城中有一条河，白色的泥水流淌着。

当地的石材是鼠灰色的，不用放进转台敲打碾磨，直接取其上部土壤就能很快做出一只茶碗。微暗的房间一角，有三五个人挨在一起工作着。

1　濑户：指爱知县北部的濑户市，以出产优质陶土闻名，自镰仓时代就兴起制陶业，作为日本屈指可数的陶瓷器生产地发展起来。

使用拉坯转台的人各有各的习惯手法。其中一人为了方便在中途用手添加泥土，不停地像风湿病人一样重复着怪异的手势。另一人为了用两只手将土抬起，上半身像中风患者似的不停扭摆。陶工们手指瘦长，筋骨毕现，身体折成两半，没多久就将崭新的薄茶碗摆满了六尺见方的木板。

一二三四五。名为"当下"的愉快时间迅速流逝，唯有角落里将身体折成两半的工人不停调整着半干的陶土形状，将一个个茶碗打磨成型。近旁的人在素烧茶碗上勾勒蛛丝般的细线，一旦画错，便飞快地修正过来。

窗边的人不停用毛刷蘸取钴蓝釉涂着膝上的布片，一面敲打橡胶板一面把花纹压上茶碗。这是之前刚用手描绘的纹样。印上这毫无章法、黏黏糊糊的纹样，茶碗的样子就算大功告成了。烧成之后乍看很像手绘。为了不让人看出花纹是批量印制，着实要耗费许多功夫，但在这方面大可放心，因为这里的工人唯有一双手像小姑娘似的灵巧，仿佛煤炭堆里钻出的圆圆红红的蒲公英。正因如此，这个工作场地才不会被现代化的机器所取代。

小巷中的长屋下，一位老太太正在描摹网眼花纹的茶碗。她跟前放了只陶土做的火盆，眼下正捏着细画笔蘸取破茶碗中的钴蓝釉，用颤颤悠悠的手一下下地描。弯弯曲曲的波浪线漫无目的地互相重叠，便形成了网眼状的花样。

"真熟练啊——老人家。能画个别的纹样给我们看看吗？"

"画什么呢？"

老太太取出较粗的绘笔，稍微想了想，画出一个类似木结构的东西。

"画自己设计的也行，临摹已有的花样也行。"

她刷刷地勾勒几笔之后，南天竹的花纹便浮现出来。控制着力量轻轻拨动几笔，叶子便画成了。这是十多年前始于京都的纹样，现在依然还流传着。

"如今流行的都是些奇怪的纹样呢。画网眼花纹的人也越来越少了。"

她身旁一个孙辈模样的小孩儿频频索要着什么，老人终于从手边的小盒子里摸出一只褪色的小钱包，倒出几枚小钱给了他。

朝北的南新谷坡地上，小巷子纵横交错。尽头大多是制陶工坊，煤炭窑的陶土管烟囱四处耸立着。长屋沿窄窄的煤渣路并排而列。在那块窄小的空地上，被熏黑的干枯秋英皱巴巴地随风摇摆。花丛里滚落着早已腐朽的自行车残骸。

这一带的工坊大都呈"凹"字形，中间部分用作晾晒场。晒着碗、碟、海碗等器具的一方散落着匣钵碎屑、陶土小山、树枝和道具之类。工作场地中根本没有空间在老旧厨房里安装瓦斯炉，那天花板低垂的木造家庭工业老屋中只有碎石机在喧闹，泥土搅拌机在排泄。机动拉坯台挤作一团。发明出这些机器的人像是灵魂被恶魔附体般，片刻不停地驱使着别人。

焚烧松木的古窑像是人去楼空的房屋，被抛弃在荒凉的坡地各处，渐渐衰败。在它上面，被油烟笼罩的枯草茂密地生长着。十一月末晴朗的太阳悬挂其上。

近来有人发牢骚，说一只盘子比一块煎饼都卖得便宜。能赚钱的工作似乎不多，（制陶）原料要花钱，燃料也要花钱。听说工坊里不需要巡逻人，因为大家都很勤快。如果邻居三点起床，自家就从两点半开始工作。在节约人工、原料和燃料的问题上，这里的人无疑都是天才。这样虽然缩减了成本，听说还是会被批发商压价。

从北新谷到洞的斜坡上，并列修建着南面朝阳的圆窑和本业窑[1]。南新谷那阴郁的氛围一到这里就变得豁然开朗。这里有壮丽的圆窑，也有建造完好的工场，有像石墙般堆积在一起的烧窑工具，小山似的松木，还有排列在晾晒场的水瓮、洗手盆、便器等在昏昏沉沉吸收着阳光。

偏僻的乡村窑厂中令人眷恋的那些东西，这里几乎都有。这附近地区的土壤就像圣地之沙一般，是连踩上去都让人觉得可惜的陶土。

这里有穿着条纹短外褂，把手揣进怀里，看上去一脸威严的老板。工场之中有像擦得干干净净的桌子般亮闪闪的陶土

---

1 本业窑：在阶级窑的基础上扩大窑室，减缓坡度而建造的大型窑。

筐。陶工们长而宽大的手捏着石膏模型，很快便做出了便器的形状。

窑室的其中一间足足能容纳五十个人在里面吃饭。一间窑室长六十尺，深二十四五尺，高十五尺，换算成榻榻米叠数约为五十叠大小。同样的窑室共有六七间，像连绵的小山般形成一座大建筑。早在两千多年前便已在中国北部投入使用的这种阶级窑[1]，如今在这里建成了全世界独一无二的美丽窑场，这又说明了什么呢？

这间巨大的窑室内部立有支柱，上面搭着棚板，架着整理室内用的梯子，设有踩踏台，并用工具使棚板支架保持水平垂直，以便码窑时将窑室填满。棚板上并排放着许多水瓮和洗手盆，此外，还有不少用于装饰稻荷神社的巨大白狐排列在便器之间。这是怎样一种整齐有序的调和感呀。想笑话它却又感受到其中的认真，想拍手称奇却实在太出乎意料。烧制这样一间窑室（的陶器）大概需要两三天，所以，一个月内大约一半以上的时间都要烧窑。

登上洞的杂木林小道后，有一间茅草屋顶的工作室。那是个鲜有的能做古老石臼和马眼碟[2]的地方。至今仍在生产素色石臼、研钵、红碗等器物。主人家背靠北窗下的墙壁，用脚咕

---

1 此处应该是指中国阶级窑的前身，龙窑。最早出现于商代。
2 马眼碟：江户时代后期濑户盛产的一种烧制陶碟。碟子内壁的纹样像并列的密集旋涡。"马眼碟"的名称大约出现在明治时期。

噜咕噜地踢着拉坯台，慢悠悠地用黏性很强的陶土增添修补（陶坯）。这里既存在着"当下"，也存在着"往昔"。

洞的居民们的勤劳，在整个濑户都十分有名。或许是因为他们很早以前就已能轻松地驯服此地态度强硬的荒土吧。这里身穿筒袖工作服、脚踩草鞋的人们或许都是石臼的孙辈、曾孙辈吧。据说他们从古至今都能独立完成从揉土、操作拉坯台，到描花纹、上釉，再到码窑、烧窑的全部工作。

如今制作的石臼虽只有素色，但过去他们曾在上面描绘过漂亮的柳条、藤蔓、仙鹤等图案。那是拥有厚实边缘、丰满弧度，隐隐泛出黄色的坚固器皿。如果用它来装水果，任谁都会多看两眼吧。

——与柳（宗悦）、浜田（庄司）的旅行——

昭和六年一月

山阴[1]的窑场

松江对岸的宍道湖沿岸零散分布着袖师浦的窑场、布志名的窑群和报恩寺的窑场。

在雪停后静谧的日子里，站在松江的大桥上朝湖面眺望，进入眼帘的是几张捕捞银鱼的抬网。将渔网卷进脑海后抬高视线，泛着深灰色波光的湖水对岸，雪后的村庄、森林和山体兜头而来，覆盖了整片视野。

收缩瞳孔将视线自西向东水平移动，用眼睛截取各处风景。

绕过远远的来待[2]沙嘴，从玉造热气腾腾的汤池到布志名，眼睛很快捕捉到湖岸升起的淡淡烟雾。那是烧制陶器冒出的烟。

1　山阴：指山阴道，是日本古代律令制五畿七道之一，位于本州靠日本海一侧的西部。包括如今的岛根、鸟取、兵库三县的部分地区和京都府北部。
2　来待、玉造、布志名皆为地名。

心像望远镜似的拼命想要看得更远，无论多么细微的东西都想看清。很快，雪后的窑场从那里浮现出来。

报恩寺的窑场挤在大社外街道与湖泊之间狭窄的区域中。沿路搭建的工场壁棚上层层叠叠堆放着他们仅有的钵、碗、花盆等，以此向人们示意：这里可以制作陶器。

推开积雪的大门进入烧窑场，烟尘四处飘扬，熏出的泪水洗净双眼后，我看清了这里的模样。透过纸窗照进来的小片阳光渐渐示明了室内各人的位置。

三台拉坯台，三个沉默的人。满满一屋子的棚架上并列排放的各式形状。圆木和土壁之中，人与陶土融为了一体。

在烧得接近红砖色的陶土外部裹上一层温和的黄色釉衣，如此这般，烧出一个个海碗、单嘴钵和小碗。

路过石见的温泉，走出津町再爬一段坡路后，散落在山丘四处、重重叠叠堆砌了十五到二十层红瓦的双坡屋顶式[1]建筑出现在眼前。在成角度相对的屋顶之下，一座巨大的阶梯窑喷着烟雾烧得正旺。

无论从远处、近处、斜面，还是上方观看，这座建筑都以奇妙的力量吸引着人靠近。它让人联想起沿坡道修建的家屋，也带有五重塔的影响。我试着在心里想象重叠堆砌的祠堂，但最后只浮现出眼前这座第一次见到的建筑。

粗大的木结构与耀眼的三角形红瓦屋顶贴合着路面的急

1　双坡屋顶式：日文建筑术语中称为"切妻屋根"，形状像一本翻开后倒扣的书。

坡，仿佛踏袭着完美的韵脚起舞，让我惊叹得说不出话来。

如果把窑比作寺院里的塔，旁边的工作场就是正殿。它宽大、坚固而深广地伫立着。坐在拉坯台前制作大水瓮和研钵的人们一脸庄严，那模样比我以往见过的任何罗汉都更像罗汉。

站在高高的山坡上环视四周，将目光投向海浪般延绵起伏的山丘彼岸的日本海。接着再远眺各座山丘的褶皱处，能看到这种"塔"和"正殿"的好几种组合。

离开安来市二里左右，沿佐太川向上游行走，便进入了母里[1]的村子。这里曾是拥有一万石俸禄的大名修建的城下町[2]。延伸在山与河那窄小夹缝里的两条街道上一个行人也没有，在正午的黑瓦下显得惨白而萧条。

这个村子入口处的桥头有一家破旧的小饭馆。我曾见过店内碗柜上盛放菜肴的绿碗。那是有着牢固底座、浑厚外壁，施白色底釉，并在碗口边缘挂了层绿釉的陶碗。

我的心于是急急拐弯奔向窑场。

山阴的冬天来得很早。微弱的阳光刚洒向地面没多久就下起骤雨来。从小饭馆里借了把油纸伞走下屋前的堤岸，横穿田地，走上山丘，便是窑场的所在。

杂木林的红叶之中，主屋、窑场和工坊被包围其中。

1　母里：位于岛根县安来市东南部，生产母里烧。古代属于母里乡，中世属于母里庄。江户时代是母里藩拥有一万石俸禄的下级大名修建公馆的地方。1871 年，日本废藩置县后在此地设母里县。

2　城下町：以封建领主的居所为中心发展起来的城镇。

满是落叶的淘洗场。满是落叶的窑场。满是落叶的职场。萧条的风景中有种摄人心魄的力量。

工作场角落里的人是操作拉坯台那人的家属吧，无比破旧的厨房飘来了烹煮食物的味道。微弱的阳光此刻一股脑儿地涌入其中。

在鸟取南面，有一座沿千代川支流修建的牛户窑。穿过几个村子和小镇，走上四里左右，过山涉水走到村子尽头，有一道白白的路分开深谷，在那山的斜面，便是这座窑场的所在。

从街道向高山的方向行走，在长满夏草的小道上走不了多久，就能看到一座很大的红瓦作坊。前面的空地草丛里并排放着烧好的水瓮。主屋和工作场之间横卧着一座很大的阶梯窑。置放拉坯台的场地面向山谷。这些建筑沐浴着南部的夏日阳光，隔着下方的石川，与牛户寂静森林里的村庄遥相呼应。

这座窑场里的人们体格强健，那是将满山黏土转化为陶器的模范体格。他们厚实的身体也为这窑里烧出的器物灌注了丰厚的力度。

冬天进山砍伐烧窑的松木。挖掘冻住的泥土。破开冰块过滤出陶土。从春到秋则都是窑，窑，窑。其间推着板车往返鸟取。割麦。插秧。除草。其间还要种植茄子和南瓜。接下来，接下来——

南瓜和陶壶之间的区别在哪儿呢？就这样，人与土地之间进行着一次又一次深刻的交流。

窑场里寒蝉声起伏。割回的青草被阳光晒出强烈的香气，夏日的碎片残留其中。旧历盂兰盆节来临之前，太阳虽拼尽全力晒得人满身大汗，但又隐隐有种穿旧浴衣似的疲倦感。倏忽之间，秋天乘着清风来到了脚边。

沿着石见国[1]的海岸线，从西边靠近长门国的喜阿弥窑，到浜田、都津野、乡津、太田，其间几座窑场呼应着海浪升起浓烟。而铁道沿线，用其产物红瓦铺就的屋顶与青色海面融为一体的风景绵延着。

进入出云，外面靠近松江的地方有乐山窑，袖师有尾野窑，布志名有船木窑，汤町有福间窑。尾野、船木与福间都烧制着具有各自特色的出色陶器。此外，安来城外的母里村外有制作锦山烧的皿山。广濑有八幡窑，伯耆的米子附近有法胜寺的窑。鸟取附近、牛户之外有津井的窑群在烧制红瓦和水瓮。稍远些的地方还有因久窑。另外还有几个制作陶炉、浅底砂锅和土陶器的地方。

每一个窑场都在森林背面或山脚下形成一道特别的风景，将人与土地联结起来。

昭和六年十月

---

1 石见国：旧国名，又称石州。位于山阴道西端，现岛根县西半部。

近江[1] 的信乐[2]

　　信乐这个名称很古老。就像濑户（烧）和唐津（烧）分别作为日本东、西两地陶器的代名词而流通一样，信乐（烧）代表的则是近畿地区[3] 的陶器。

　　从近江到伊贺[4] 再到山城[5] 之间隆起的这片高地上，自远古以来便有人成群结伴地居住繁衍。古代都城的遗迹虽已退回最初的原野，陶器制作却从人们定居此处以来就从未断绝地延续至今。

　　信乐的陶器史必须追溯到太古之时。这里还遗留了许多能

1　近江：旧国名之一，如今的滋贺县，又称江州。

2　信乐：作地名时指滋贺县南部，位于甲贺郡的町。此处指信乐生产的陶器信乐烧。从古代奈良时期由渡来人引入并开始制作，室町时期随着茶道的流行，日用杂器也作为茶道具声名鹊起。现在除了茶器，还生产火盆、花盆、瓷砖等杂器。

3　近畿地区：指日本本州中西部地区，包括京都府、大阪府、兵库县、奈良县、和歌山县、滋贺县、三重县这二府五县。古代日本在此建都，如今仍是日本西部的经济、文化中心。

4　伊贺：旧国名之一，相当于现在的三重县西部，又称伊州。

5　山城：旧国名之一，相当于现在的京都府东南部。

言明其历史的证物。

如果把我们的身体看作远古时代的遗物，那么如今的信乐也应被视为一种有力的记录。

信乐的原型就像尾骨，或比尾骨更加明确的原始人的尾巴一样，它隐藏在其制作过程中。

这是无用的饰物，而非用于保存的标本。考古学只需像蚕蛹一样爬出泥土，在这片生活的花园里飞翔就好。如果考古学行不通，换成文化史就好。这些学科大概不知道饥饿的滋味吧——信乐这样说着。

抛开这些，就假设我们要前往如今的信乐吧。信乐乡的中心长野去年开通了火车。乘坐草津线从贵生川到信乐站大约需要四十分钟。穿过长满松杉的峡谷向上攀登，便到了这块高地。这里虽称不上平原，却在低缓的山峦中开辟着田地。其间自丘陵到山麓部分延伸而成的长野小镇，便是个将乡中景物集合起来的陶器镇。

这座小镇展示着始于山上的生活沿斜面下降的经过。

朝南的山丘上并列着拥有窑场和工作场的陶工之家。山丘下方分布着许多辟有宽敞存货场的批发商铺，其形态仿佛正张开的大网，等待山上的陶制品的到来。其外侧又有一条商业街包围着陶工之家与批发商铺的生活。

这种三层并列的模式构成了这座小镇。此外还有神社、寺庙、地方政府、警察局等间杂其中。与此同时，隔着农田的另一道山丘中部，洁净的小学校园像小镇的客厅般熠熠生辉。比邻而建的陶器试验场恰好就像小镇的装饰物一样。无论走哪条路都会与陶器碰头。

火盆、水瓮、洗手盆、红碗、花盆、便器、汤婆、茶壶。

这里制作的茶壶曾经装点过全国各地茶叶店的铺面。那是刷着青茶色帘釉，或白或青的大壶。这是授予信乐名声的勋章，然而近年来，茶壶已经完全停止生产了。便利的广口便器也不再生产，可爱的汤婆子也渐渐停止制作，取而代之的是火盆，如今仍在生产。大量地生产。那是一种仿造中国海鼠釉陶盆制作的防寒火盆，由于前景不好而开始渐渐转变为有纹样装饰的器物。一种样式的生命周期本就很短，如今越来越短了。

各地的陶器之乡都是如此，这里也不例外，每户陶工虽然各自独立，却也生产着同样形状、同样性质的器物。他们竟能做出如此相似的东西，简直让人惊讶。

因为模仿制作并未被禁止，也不算犯罪，因而一旦哪家创作的新样式开始受到欢迎，乡内各处便开始大量制作，其场景之壮观，简直不可思议。这种状态持续一阵之后，那种式样开始在市场中泛滥，接着又会有新的样式出现。大家又开始争相模仿。如此循环，十分惊人。

这究竟是怎么回事呢？是谁在统治并支配这一切？这样的人并不存在。是批发商在主导吗？这里有好多家批发商。是他们串通一气了吗？不。虽然不知道原因，但这里的陶器生产就是这样持续不断地兴旺着。

若是以这里各自独立的陶工之家为背景进行思考，是得不到答案的。虽然这样的事没有事先约好就能完成真的很厉害。不过，若是把这整个乡里的陶器都看作同一个人的作品，似乎就能加以解释了。当意识到这一切都是"信乐太郎"所做，所有问题就都有了答案。证据之一就是，这一整个乡的陶器制品中都拥有某种仿佛出自同一人之手的共通性，如同人有其癖好一般，信乐太郎也有自己的癖好。

这种带有个人色彩的集体工作，从结果上看来似乎和如今的工厂作业有相似的地方，但却是毫不相同的另一种相对原始的生产模式。信乐便是在这样的过程中孕育出许多真实的况味。无论在哪个地方，只要山麓处有两家陶器作坊，他们做的一定是同样的物品。如果有三家，也一定都是生产同样的东西。如果有七家，其中至少有六家都是生产同样的物品。

信乐乡除了长野之外，还有黄濑、出村、敕旨、江田、神山等地拥有窑场。神山和出村曾经都是陶瓶的产地。黄濑和敕旨生产神佛的祭祀器。江田制作煮布的大锅。

从伊贺的丸柱向长野方向走三里路左右，在和这块高地同样的山峦隆起处的陶乡里，家家户户也都像陶农一样生产着白釉砂锅、单嘴钵和花盆。

昭和九年二月

苗代川[1] 的陶农

无论从哪个角度看都很漂亮的农村，苗代川也是其中之一。然而这里不仅生产谷物和蔬菜，也以同样的方式生产出色的陶器；这一点是与其他农村所不同的。

竹林、杂木林和田地间隔分布在坡度平缓的山丘上。听闻这个村子内的陶农多达六十户，但无论哪一家的屋外都围着生机勃勃的灌木篱笆，邻里房屋之间以田地、竹林作为缓冲带；院内种着蔬菜和花草，每家每户都是一派普通农家的风貌。然而，唯有那间被农人视为不可缺少的牛棚或小仓库似的小屋，被他们用作制作陶器的工作场。那是个仅有两间见方、素土地面的房间，室内像陈列农具般在土坑里放着两台拉坯的转台，这就是所有的设备和装置。

今年的正月初三，我在这样的工作场内见到了本地的陶农

---

1 苗代川：旧称，隶属鹿儿岛县日置市东市来町美山。安土桃山时代由岛津氏带领的朝鲜人陶工，到了江户时代从萨摩藩各地迁居此地，形成了苗代川村。现在仍盛产陶器"萨摩烧"，在此地生产的萨摩烧也被称为"苗代川烧"。

鲛岛司。

正屋的客厅还敞着大门，室内铺有朱红色的毡垫，并为前来庆贺的客人备着三组酒杯与酒壶，而小屋内的工作却已开始。

此时，他正往满满一堆筛过的陶土里加水搅拌揉捏着。自南而来的阳光猛地灌入屋内，照在入口处的一台拉坯机上。旁边是一小堆火。

我们是被在鹿儿岛某间旅店见过的烧酒壶牵引着来到这个村子的。第一天只看制品就用了一整日，今天是参观工作过程的第二天。我最想问的是关于制作酒壶壶嘴的事。

陶壶的嘴儿大都是像削尖的竹子一般向外突出，而这里制作的壶嘴却像嘴唇一样带有圆润的弧度，像是吹着口哨一般。它像树枝般从枝干部直直伸出，收口处却很圆满，真是罕见又巧妙的壶嘴。

这是在拉坯台上无法做出的形状——虽然也未达到这个程度，我却怎么也想不出他们是如何做出这种壶嘴的。我眼下的疑问或许显得奇怪，但这家主人却很轻松地用他满是泥土的手展示给我看。这样的时刻可不多见。

首先做一个泥土团。用手掌将其拍成煎饼状。拿一个木桶嘴儿大小的木棒插入火堆的灰中，并将土做的煎饼盖在上面捏出形状。接着加一点水将其抹平。抽出小木棒，用手指一点点将下部联结处延展开来。再将此处倾斜，用竹篾切除。接着在上部带有弧度的陶土里刨出一个洞，用小型刨枪清理干净。将整体微微弯折之后，壶嘴就做好了。

这奇妙的割礼[1]不禁让人猜测它是否来自还未拥有拉坯台时期的远古制陶工序。

这里的釉是在附近挖出的红土里混入灰搅拌而成，因调配的量不同可能出现黑色或青茶色两种，根据烧窑地的不同也会产生巨大的变化。

这里的窑大多是聚合窑，约每十户共用一座，每月烧两次，能容下一人大小的七八间窑室静静隐藏在布满竹荫与杂木林的山丘中。

三月到来，在东京松阪屋举行的全国民窑展览会上展出的苗代川大山壶非常出色。壶嘴儿尺寸较长的山壶是我在其产地也未曾见过的。它们每一个都很气派，尤其是这种大山壶，似乎拥有某种不可思议的力量。

壶身圆胖却不显愚钝，线条柔和却很有风骨，充满了张力。

还有很多体积更大的，却都比不上它。据说西乡隆盛的某些特征就像陶器一样。大山壶也好，西乡壶也好，叫我感到非常意外的是，听说当地以往的酒壶形状张力不足，大家想着胖胖的大壶也不错，这才画好图纸标上"一尺"的尺寸定做了这种壶。

这么说来，我想起离开鹿儿岛时在火车上也看到很多人在

1　割礼：切除或切开男女性器官的一部分的习俗。多作为加入集团的仪式之一进行。见于古代许多民族和犹太教、伊斯兰教等。

画好的图纸上添加尺寸。如此看来，真是很厉害的成果啊。

大体上，根据要求定做的东西很难超越设计图纸。成品大都会被图纸束缚，变得畏缩而生硬，这是常事。

然而这个壶究竟是怎么回事，是什么让它变成现在这样的？对此谜题我十分不解。

面对这样的作品猜想其作者，多数人容易想象对方是个臂力强劲、精力充沛的大男人，而事实与猜测完全相反。

恬静、温和而温柔的鲛岛司氏竟然是这雄浑的大山壶的作者，究竟是怎么回事呢？

将作者的性格、体形与这件作品进行对比，无论从哪个方面都没有相似点。

如此强大的力量究竟隐藏在哪里？这形态究竟诞生于何处？

任谁都会把作品和作者联系起来对各种各样的事情进行判断。然而，仅凭这个完全无法解开这道谜题。

要解开这道谜题一定有某种至关重要的线索存在。鲛岛氏对工作的形容是"虽是独立完成的工作，但工作时不是自己"，我们暂且将此作为解谜的关键吧。

对拥有这般纯粹心境的鲛岛氏及苗代川的陶农们，我必须献上自己的敬意。

——与水谷、柳的旅行——

昭和九年五月

朝鲜之旅 [1]

朝鲜的自然

丘陵描绘着和缓的弧线，赭红色土壤中零星生长着春草，静静流淌的小河，没有田坎的土地。错杂其间的村庄与城镇中秀美的住宅。一派浸润自然已久的可爱模样。

以为近旁水田里纷飞着白鹭，细看却是人在走路。安静行走在田间小道上的路人的白色身影。有人在那里，这样想着，一动不动地盯着看久了，眼前便真的飞起一只只白鹭。

行走在远处山脚下的白衣人在无比清澈的大气层远方，仿若从一千年、两千年前的时空中浮现出来。缩成一个小白点的人和他挥动的手脚都能看得清清楚楚，走在那片澄明空间里的人，一定是新罗或高丽人吧。

小河在流淌。流淌。缓缓地流淌。

蓝天里白云浮动，白头鹤翱翔其间。出现在昔日烧物 [2] 上

1　本文写于 1936 年，当时朝鲜半岛尚未分裂成朝鲜和韩国。

2　烧物：包括陶器、瓷器、土器和炻器，其原料、烧成方法、性质各不相同。

的纹样跨越了千年，这里依然四处可见。

所到之处都是凹凸不平的山。然而山体却在不经意间披着柔缓的裙角，渐渐变成旱田或水田。朝南一面的山麓褶皱之中虫产卵似的栖居着许多农家——从窑里冒出的烟才辨别出那里有人居住——山丘和农家毫无分别地被大自然梳理成同一种颜色。这是被自然允许的生存姿态。

这里没有会吞没居住之人的房屋。就像结草虫有着与自身相符的栖居地一样，人们也住在身体所需大小的房屋中。所以，这里的人有时候看起来比房子还大得多。那些寄身于大房子里的小身体所持有的骄傲，对他们而言似乎不值一提。

敞开的房间里住着块头很大的人。很多屋子里往往还不止一个，有好几个人。看上去就像住在玩具之家的人偶，叫人不禁莞尔。

佛国寺[1]自身的宏伟自不待言，同样让我感到惊讶的是通过这座寺庙所在地而撞进我眼里的事。我不由得联想到过去站在这座山丘上，决定将那拥有永恒之美的寺庙建基于此处之人的视线。那是一双擅长选取人视野中最舒适的高度来修建寺庙的眼睛。建于此处的佛国寺旅馆的黄昏令人难以忘怀。视线于廊檐处缓缓垂下，滑过远处青草坡，再降落到遥远山脚下的水田，接着又渐渐升高到旱地，爬上山丘，终于，视界登上了高耸的山顶。这大概是一道亘古不变的斜面吧。历史的兴亡在此

1　佛国寺：位于韩国庆州市郊外吐含山麓的寺庙。528 年由新罗法兴王创建，在文禄之役中大部烧毁。1972 年按李朝中期重建时的样式将伽蓝整体修复。释迦塔、多宝塔、石桥等为新罗时代遗留建筑，亦称华严佛国寺。

也毫无意义。此外，这家旅馆简洁朴素的外观和无微不至的服务也使我心情舒畅，它与我在京城[1]旅馆的朝鲜风房间停留的几天一起构成了我此次旅行中的最大乐事。

石窟庵的雕刻自不必说，比邻而建的小寺庙也颇值得一看。那是只有在这个国家才能见到的美。

朝鲜的生活

在一般人眼里，朝鲜农民的生活似乎十分寒碜。然而若是仔细观察那些农家建筑的构造与农民们的日常生活，就会发现这里的一切很像我们的茶屋。

除了必要之物以外什么也没有的生活，偶尔连必要之物也没有的生活；这不是抛弃无用之物的生活，而是从一开始就没有需要抛弃之物的生活。

所到之处的赶集日最能直接表现朝鲜人的生活之美。我们在这里见到了这个国家浓缩后的生活精华，也看到了离开此地便不复得见的人与物的交欢。汇集而来的人们穿着整洁的服装。贩卖之物五花八门。我们身在此时，却仿佛回到了残存在绘卷中的古老时空。令人惊愕的时间错觉。每到一处我们都高兴地大叫。

干净庄严的黄铜器具，雄健有力的石器，优雅的膳食，朴实无华的木器、文具、陶器、稻草工艺品，数不胜数的各种物什。

1　京城：日治时期日本对首尔的称呼。

尽管如此，集市也是寂静村庄内唯一热闹的地方，充满了乡土的况味。

日本也曾有过这样美好的赶集日。曾经的二日市、三日市、五日市、十日市等，如今虽已变成乱七八糟的平常景象，但过去我们的先祖也曾在日复一日的生活中设立过同样的赶集日。

五天一次，十天一次，据说市集都设立在以周边村民能够当日往返的距离为半径的圆中。

集市不只是买卖物品的地方，即使没有交易，这里也让人快乐。

当日最受欢迎的，是从远离人烟的大山深处背着圆木凿的水桶和长木勺而来的人。接着是卖米酒的人。穿水蓝色或桃红色上衣的女人们忘了来时的目的，也忘了自己的身影是构成这幅市集图的要素之一，只顾开心地游逛。无论生意好坏，小贩们都干劲十足。因为这里就是日常生活的庆典。

市场里贩卖的物品中，尤以食物最引人瞩目。水煮的牛眼珠和整只牛蹄，外形独特的章鱼干，各种各样的事物让人应接不暇。我不禁想到，比起我们似有洁癖的食欲，朝鲜人那开放的味觉真是丰富而自由啊。

朝鲜的酒也很美味。尤其是一种被称为釜山的米酒，那滋味真叫人难忘。与这些味道的相逢像是唤醒了我身体里沉睡至今的某种东西。我竟然也能欣赏这些美味，可真叫人意外。感觉就像在黑暗的房间里点亮一盏灯，整个身体都明亮了起来。

听说这种酒和美味的腌菜一样，每家每户都会制作。将这样的地方称为居民生活文化程度低的国家真的没问题吗？

朝鲜的城镇与乡村

开城[1]的黎明时分，空气中飘浮着六月的雾霭。唤醒城门旁的饭店老板，让他给我们做了肉粥。那是在牛头煮出的汤汁中掺入少量米饭和几片炒肉做成的，同时搭配混杂着接近鲜红色辣椒的泡菜——将被称为 kimichi 或 tonchimi[2] 的朝鲜泡菜放入粥里，趁热一边吹一边吃。这类食物的辛辣味道中蕴含了各种意义。长久养育着当地人的食物不能简单地用好吃或难吃来形容，这之外似乎还有某种不容侵犯的东西存在。构成其味道核心的是一种力量。我并不是被这种食物的罕见所吸引，而是被这种力量所触动。

虽说已是六月，天气却还相当冷。我们连夜离开平壤到达此地，天终于一点点亮起来，在向博物馆所在的那座山丘进发的途中，小镇也终于开始苏醒。

老早就听说开城拥有悠久的历史，该地富裕的城镇居民自古以来就很强势，因此，我怀着对各种事物的好奇来到这里，

1　开城：朝鲜民主主义人民共和国南部的工商业城市，靠近军事分界线。是高丽王朝的古都，历史遗迹很多。

2　泡菜现代日文发音为キムチ（kimuchi），作者写作此文的昭和年代似乎还未出现这个通称。

果然没有失望。城镇的一部分渐渐延伸至高台，很快，当囤聚在花岗岩山坡斜面的村落那壮丽的景观出现在眼底时，我们不由得叫出声来。

因为心里某处在思索着，这样的地方必有其存在的意义吧。

那是一幅漂亮房屋沿山坡分布，又几乎溢满山谷地群聚在一起的风景。稻草和瓦铺就的屋顶在眼前呈现出完美的搭配。这些房屋并未持刀相向、彼此争执、自我主张，而是和谐地聚集在一起。每家每户虽然狭窄，却相互保持着完美的距离，无论房屋大小，都不曾打破这距离的比例，简直像是对彼此献上了最完美的礼仪。

人一旦聚集在一起就会彼此争斗，这是常有的事，但在这里，他们却像是专程为了和睦相处而聚集起来。即便其中隐藏着粗暴之事，却也像新开发的城市那样，公然的争斗、夸张、势力不会表露于家庭之外。这是为什么呢？仅仅把这个村落漠然视为过去的一种形态真的好吗？他们虽然贫穷却能建造漂亮的房屋，虽不壮观也不难看的房屋。——这样的事究竟是如何成为可能的？

收回瞭望山丘的视线，我们走进山谷里的成排房屋。从小巷到小巷，一条条小巷如网眼般连续不断。这里的小巷无论在哪里转弯也不会迷路。无论挑哪一条路走，都不用担心会邂逅丑陋的事物。走着走着，耳畔传来一阵意想不到的声音。是捣衣声。我驻足侧耳细听，声音从四面八方而来，时远时近，时而微弱时而清晰。念珠般的音节串成一长串连续的声响，彼此交缠、分解、重合、追赶。声音敲在我的耳中，圆润柔和，却又带了丝清澈明朗。听说过去捣衣是在木制的台子上用木槌敲打，寒夜里听来十分清晰。古人们曾为这声响之中的悲寂寻找各种理由寄托情思。这里的台子据说是用石头做的，槌子则是以两根圆棒代替。虽然意趣相异，但只要听到捣衣声，人们心中便会自动浮现出相应的场景。

一户人家的大门敞开一条门缝，我被声音所吸引，虽是无心却偷偷向内看去。隔着中庭，远处的内屋里一个侧身坐着的年轻女性正在捣衣。

这位女性正在看什么呢？这尊身穿白色则羔利[1]与绿契玛[2]的端丽半跏[3]像，认真地凝视正前方，唯雪白双手操持的两根木棒在踏着巧妙的节奏翻飞起舞。——事实上她只是在将衣服的褶皱拍平，但那姿态却是多么超凡脱俗啊。

那并不是在敲打衣物，而是在祈祷。是的，绝对没错。一边思考着这些，我们向着渐渐明亮的六月之晨前进。

朝鲜的露天窑

从庆州出发到大邱的途中，我们在名为"阿火"的村子附近发现了一个烧制水瓮的窑厂。

低矮的红土坡斜面，窑与工作场、与住宅相间分布着。房

1　则羔利：朝鲜服短上衣，交领斜襟，当胸有两根飘带，打结后重。衣长不及腰，与裙子配合穿用。

2　契玛：朝鲜服裙子。

3　半跏：指半跏趺坐，亦称菩萨坐，一足押在另一足的大腿上。

屋像蘑菇似的，仅仅在土墙上铺满稻草作屋顶，十分简陋。

窑是在坡面挖出沟槽，再盖上土做天花板的露天窑。

恰好赶上点火的时刻，灶门后面，四五个人坐在草席上围成一圈，聚集在炉火前。

窑内往往是从内部开始向外放东西，最后将前端密闭起来做成灶门吧，可这里的人既不做灶门，也不加盖子，只是把一个个水瓮从里到外重重叠叠地摆满隧道，在隧道前突然点起火烘烤。我第一次见到这样的烧窑方法。想来大概是要烧好一会儿，等水汽都蒸干之后再加盖子吧。

这种烧窑方法乍看草率又粗暴，但必定有不得不这么做的理由。

即使如此，也是种厉害的烧窑法不是吗？素土地面的房间里有宽敞的工作场地，穿白衣的人们正在用凹槽里的拉坯转台制作水瓮。将土做的团子扔在拉坯台上做出底盘，接着在周边将绳索般的泥条一边卷绕一边延展——到这里为止，都是普遍的做法。然而接下来，他们却用左手握住一块拳头般大小的木头抵在水瓮内侧，右手拿着板羽球拍似的木棒，一面用脚转动拉坯台，一面内外同时发力拍打陶泥，使其延展并鼓起。

见过古坟中出土的祭祀土器的人，想必应该知道其内外附着的旋涡和直线纹路。

而显然，眼下所见的两种木制工具是为了将陶泥拍开，避免粘连才在上面雕刻了线条。古代祭祀器具的纹路也是形成于同样的理由。

在古冢的厚土内沉睡了一两千年的古代水瓮竟然在此地切

切实实、持续不断地复苏于我们眼前。

这里的人一定是远古时期制作埴轮、营造陵墓之人的家臣吧。

水瓮膨胀的外形明明给人一种厚重感，却出人意料地轻巧——不必说，这当然归功于制作工艺，但这外形中积蓄的强大力量究竟来自何处呢。

我们惊讶地伫立现场，久久回不过神来。

官僚[1]之家

站在古城门的楼台上眺望，眼前的镜城郡[2]一片荒芜。朝鲜的春天来得很晚。终于快要抽出新芽的白杨树枝丫上，朝鲜乌鸦那乱蓬蓬的巢穴将城内衬得更加萧条。

零星的空地里总是种着白杨。有白杨的地方也总是挂着乌鸦的窝。

就像古美术品上和谐的装饰画一样，这些鸟儿孜孜不倦地鸣唱着久远时代逝去的荣光。在这里，我得到一个被称为方版的木钵。那是将长方形木头的两端留出一条粗线，将内部挖空得到的容器。

女人将它顶在头上的样子也很好看。

我们在这里参观了一户官僚的住宅。虽是新建的房屋，却

---

1 原文为"两班"（ヤンバン），指朝鲜特权官僚阶层。
2 镜城郡：朝鲜民主主义人民共和国咸镜北道的郡县。李氏朝鲜王朝时代的地方行政中心。咸镜道的名称也来自镜城。

按当地风格在宽阔的主屋旁修建了仓库和家庙。

　　面积很大的厨房土炕炉口架着一只形似陀螺的漂亮大锅，地板上铺着草席，泥地部分则作为舂米场，室内陈列着农具，矮墙里养着黑牛。

　　地上的公鸡正在打鸣。挂在墙壁上的碗柜里放着看起来很美味的当地膳食。

　　厨房旁边放的似乎是常用的漆器，像是展现被用过的次数般，排列顺序从前往后渐渐变白，到第六七个的时候已经成了白木的颜色。名为白木，其实是用坚固的银杏木所做。

　　一切物品都各得其所——这就够了。

　　虽说如此，这里的膳食真是好看得叫人眼红啊。

　　泥地房间的角落里放了个巨大的蓄水容器，一只铸铁的大鼎。壁上刻着凌乱有力的条纹，彰显出无穷的力量。

　　没什么大不了的，那不过是将周朝汉朝的铜器扩大后的产物。这个大块头并未打乱屋内物品的秩序，反而使一切更加融洽地各行其是。走进仓库，便看到一列装有腌菜和味噌的结实大缸。旁边放着产自明川和会宁的碗。

　　此番前来，见到了值得一见的各种事物。我们向着主人家为我们打开的家庙行完一礼，便离开了这里。

　　——与柳、浜田的三人之旅——

　　　　　　　　　　　　　　　昭和十一年六月

壶屋 [1] 与上烧 [2]

　　从那霸向首里 [3] 延伸的街道—离开小镇便立刻钻进了低坡起伏的原野中。伸向甘蔗地和红薯地的整片山坡都覆满青草，每座山丘上都长着挺拔的松树，坡上坐落着几块奇异的墓地。道路顺着地形蜿蜒，周围风景不断变换。路上有挑小猪的男人经过，也有将竹筐放在头顶的女人走过。红瓦的房屋从一片绿意中浮现。在这条小路的右手方向，壶屋的村落呈现出一片生机勃勃的景象。

　　壶屋，是这里十八户烧制南蛮瓮 [4] 的家庭，十一户烧制上烧的家庭，以及几座瓦窑构成的村落之名。村子入口处那座烧

1　壶屋：位于冲绳县那霸市，是冲绳首屈一指的陶器产地。17世纪，琉球王国将分散冲绳诸岛各地的陶窑集中于此地，并为其修建南窑、东窑，以此地为中心发展起来。

2　上烧：壶屋烧分荒烧和上烧，荒烧也叫"南蛮烧"，是不上釉直接烧制的陶器，多为较大的酒瓮、水瓮等，上烧则需上釉，日常器具较多，如碗、盘、壶等。

3　首里：冲绳县那霸市东部的地区，旧首里市，曾为琉球王朝的首都。

4　南蛮瓮：用比上釉陶器数倍时间烧制而成的装冲绳烧酒的大缸。

制南蛮瓷的大窑，是首先示明壶屋所在地的宏伟标志。红土坡上的几棵大松树枝叶下，立着粗壮珊瑚礁柱子，铺着结实筒瓦屋顶的大窑随山丘坡度起伏着。

这是一座历经几代陶工，见证了南蛮烧光辉历史的大窑。然而它并未变成完美的遗迹，而是作为活着的窑场，如今仍然冒着滚滚浓烟。顺着窑场方向还有几个生产南蛮瓷的工作场。都是屋顶铺着红瓦的正经作坊，室内室外摆满了大水瓮。从这里开始，忽高忽低的琉球[1]烧陶工住宅与窑场、工作场夹着珊瑚礁石墙和小路连缀在两旁的树木丛中。

所有房屋都是平房，房顶铺满素烧红筒瓦，并用厚厚的灰浆涂满了接缝，整体坚固而漂亮。

上烧的窑一共四座。每座窑供几家人拼装使用，每月烧两次。窑内面积约是六到八间长宽十二尺、高三尺的屋子大小，烧成大约需要一天一夜。制品主要是古典烧[2]，还有油壶、茶碗、碟子、钵、带盖器物、酒注、水壶、杯子、陪葬器具、骨壶等。古典烧虽然在内地[3]市场随处可见，但除此以外的物品岛内几乎从不外销。古典烧之外的器物都各有特色，其中油壶、茶碗、碟子和钵尤其出彩。

1　琉球：即冲绳。

2　古典烧：大正时代到昭和初期在冲绳壶屋生产的一种陶器，古美术商们也称之为"黑田烧"。这种陶器以其过度的装饰、大胆变形的图案以及鲜艳的色彩给人以强烈的印象，人们对其评价各异。

3　内地：北海道、冲绳等地人对本州的称呼。

骨壶是洗骨[1]之后用于盛放遗骨并安置在墓穴中的容器[2]，因此也带了几分与之相应的神秘气息。采用南蛮烧制法制出的骨壶上贴的莲花图案与简化后的门窗纹样虽然简洁朴素，却吸引着人的目光。仿造主屋和祖庙雏形用琉球烧制出的骨壶上甚至还绘有狮子、莲花、供在灵前的花瓶、灯笼等，满满的装饰物怕是再没有比这更华丽的了，此外还要刷满钴蓝釉或糖釉，虽然色彩浓艳，却仿佛带有某种奇特的魄力。整体造型的威风和细节的精致也不可忽视。

　　这里的陶土是在名护[3]运来的红土里加入同一地方挖出的白土和水做成化妆土，在上面雕刻或贴上花纹，或用糖釉、蓝釉等描绘图案，又或是挂一层铁釉、黑釉或含铜的青釉。每一种成品都带有淡黄的底色，肌体白而温和，造型十分气派。壶屋的陶器有其自身的温度和热量，具有独特的气息。明朗而明确，那是属于亚热带的从容不迫。

　　在壶屋，整个村落都像一个大家庭，所有人都烧制同样的器物，且每家每户的所有成员都是陶工。但与内地陶器产地的专业陶工不同，这里的男人从踩土、倒腾拉坯转台、描花、上釉，到装窑、烧窑，都可以独立完成。孩子们无论男女，从七八岁

1　洗骨：把埋葬后经过一定时间的遗骨取出，洗净后改葬。据说这样，死者的灵魂会进入另一个世界，至此服丧期满。常见于日本西南诸岛和东南亚各地的民俗习惯。

2　火葬还没普及前，冲绳多使用比一般骨灰壶更大的容器，被称为厨子瓮。厨子瓮按素材分为木制、石制、陶制等，造型多样，有木棺型、石棺型、瓮型、殿堂型等。

3　名护：冲绳县城市。

100

开始便能雕花、刮掉底座的釉[1]、帮忙装窑等。无论主妇、老太太、女儿还是媳妇，每日都会在家务之余帮着做些制陶的工作。老妇人用石臼碾釉药，母亲和女儿靠在一起雕刻花纹。孩子从学校放学归来后，便丢下书包立刻到工作场蹲在拉坯台前雕刻古典烧的纹样。将父兄们刻好线条的龙宫、鱼、官员等图案用金属片刮出深深的轮廓。一小时，两小时，三小时过去都不知疲倦。就像其他地方的小孩子沉迷于阅读民间传说故事一般，他们深深沉迷于制陶。

一个没见过的女孩儿一到这里就开始工作，一打听才知道她是主人家的孩子住在附近的朋友。这家的女儿如果到别人家玩耍，也会和她朋友一起并肩默默地工作。她们并没有被大人嘱咐应当如此，而是把工作当成了故事和娱乐。

这里的孩子也丝毫不像陶器专营地的童工那样脆弱可怜。即便是上中学或女校的孩子，毕业前夕也不知不觉就成为几乎能独当一面的陶工。

工作内容都不是素烧，因此必须在陶器半干时就做相应的处理，虽然是非常零碎的工作，他们却并不慌张，而是像从事农业生产一样勤勉而悠闲。像制作堆肥一样踩踏陶土、搅拌釉药，像照看果树一样塑造陶器的形状，像栽种花草一样描绘图案，像收获粮食一样将烧好的陶器从窑中取出。

这里完全没有需要活用手或头脑制作的东西。油壶、钵或

1　由于烧窑过程中，釉会完全融解，如果陶器底部有釉，冷却后就会粘在窑板上，所以制作陶瓷器时底部一般不上釉。如不小心沾上釉药，则会将其擦拭或刮除干净。

碟子的形状也不是靠这些做出来的。

即便是做古典烧，从工程上看来也跟普通的制陶没有两样。部分器物也有漂亮的线条和图案，但烧成之后却很难看，被批发商涂上泥画颜料后就更加不堪入目。因此，对古典烧的指责不该全都由壶屋承受。

荣德先生的家在壶屋中部一个小池塘的对岸，与主屋相邻的工作场和道路隔着水池相望。池塘一角有棵大榕树张开枝叶，伸出根系，并在根部处环抱着一口水井。水池表面覆满碧绿的水草，岸旁长着茂盛的茭白。走在小路上能看到池塘旁工作场内正在操作拉坯转台的二郎，接着转个弯就到了荣德先生的家。

荣德先生的家中共六人，除了他自己，还有妻子阿鹤、长男荣三郎、帮佣数年的阿菊、从童年时代便在此学艺至今已经三十几岁的金城二郎，以及快满十几岁的徒弟太郎。荣德先生年轻时曾在京都、九谷等地学艺，今年已经四十好几，是个平易近人、很有朝气的小个子男人。只要客人要求，他便能即刻又唱又跳，性格直爽而又冒失，但给人感觉十分可靠。阿鹤夫人是个肥满的大个子女人，性格温柔可爱，十分通情达理，虽然从早到晚都在工作场默默地雕刻古典烧的纹样，却会在饭点到来时端出不知何时做好的红豆饭、菜粥和猪肉做的菜肴摆上桌来。二郎是个难得一见的巧匠，脾气好，工作也很认真，只要有拉坯转台就没有他做不成的东西。无论是雕刻还是描画的纹样都能完美地用在陶器上。他将过时的中折礼帽改制成最近流行的战斗帽[1]风格戴在头上，坐在池塘旁边的拉坯场内便自成一道风景，献给每天路过此地的行人。

荣三郎被大家称为三郎。三郎虽然今年刚中学毕业，但不知不觉间已经掌握了操作拉坯台、描图和烧窑的方法，成了几乎能独当一面的陶工。三郎用线雕的鱼非常漂亮，除此之外，踩土的体力活儿也干得相当不错。阿菊和太郎基本只做古典烧的刨削工作。上烧屋的十一家住户虽然房屋大小各不相同，但都拥有类似的风貌。

缠绕着钱鸢的美丽珊瑚礁石墙下延伸出一条小道，夹道的房屋之间立着爬满香蕉、扶桑花和木瓜的围墙。小道与小道在这片山丘的房屋间时而升起，时而下降，时而碰撞，时而相交，无论走到哪里都是看不厌的风景。

无论走哪条路，无论走进哪户人家，都能见到工作场或窑场。工作场内是素土地面，泥地上挖着圆洞放拉坯台，不管坐在哪儿都能操作。大多数陶器工坊都很安静。因为太安静而以为没人在，走上前去窥探，却发现各式各样陶器的阴影中藏着一两个正在工作的人。看到会动才发现那是人，这里的工场就是这样静谧。

晾晒场里放满了系着礼品绳或挂着白釉的物品，它们吸取着高远碧空中倾泻而下的光线，似乎正在成长。就像吸够阳光的水稻会结出更饱满的稻穗一样，这里的陶器从一开始就吸取

1　战斗帽：日本军队战士戴的便帽。

了充足的光和热，并从中获得了某种能量。

南蛮瓮的晾晒场让人不禁瞪大了眼睛。拥有牢固双耳的水瓮排成无数行列，在酷热的空气中流着汗投下漂亮的阴影。目不转睛地凝视这场景，脚下像生根似的移不开步伐。

小路一旁的大榕树树根与石墙交缠抱合，树根很像章鱼的脚，似乎马上就要活动起来。扶桑花那火红的花朵，香蕉那几乎快要爆裂的果实，以及摘掉多少又会长出多少的木瓜，这里的一切都强壮、明快而确切，它们朴实无华，让人心生欢喜。

沿树丛间的小道走到尽头，冷不防被瞬间扩大的视野吓了一跳。在和缓的青色斜坡对面遥远的地方，首里和识名的山丘轮廓清晰地映入眼底。想必无论是谁站在这里都无法抑制内心的雀跃吧。

这与站在高山上向下眺望的景象不同，与在荒无人烟的自然原野所见的景象不同，与在空中俯瞰脚下所见的景象也不同。站在地面，而且是只比平地高出十几二十步的高地眺望，这样的景色是任谁也无法想象的。

这里没有丝毫遮挡视线的东西，只有远处那成片起伏的青色和缓的山丘与田地，间杂其中的森林、村落和联结它们的道路，保持着绝佳平衡的间隔、高低和色度，彼此相交、相连、相向，又彼此呼应着。

我们的眼睛被由山、水、石、木的对立竞争组成的内地景观驯化之后再遇上这样的景色，真是惊讶得无以复加。所谓令人怀念的景色，就是指这样的风景吧。为什么人竟然能如此和谐地生活在自然之中？不是仰视也不是俯视，而是伫立在生活的等高线上彼此呼应，这里拥有这样一种喜悦。被遗忘的永远渐渐苏醒，新的希望涌上心头。

近处的斜坡上，铺着红瓦的可爱的制糖小屋烟囱里正冒着浓烟。旁边的圆形空地是甘蔗的榨汁场，身负长木棒的马正在来回奔跑。五六町外的山麓下也有同样形状的制糖小屋像小巧的玩具般冒着烟，那里也跑着马。

道路连接着山丘与山丘，村落与村落，伸向湛蓝的晴空。路有行人，将物品放在头顶走着。猪在叫唤。山羊在叫唤。风从酷热的空气中穿过。

壶屋一到傍晚，便有三弦琴声从四周树林里传来。那是边野喜节或仲顺节[1]安静的曲调。低处的田野中闪烁着飞舞的萤火虫。

旧历三月是娱乐之月，壶屋会开展"三月游乐"的活动。"三月游乐"，是全村所有中老年女性连续两三夜聚集在某户人家里唱歌跳舞的一种娱乐方式。被选中的人家会取下屋里所有的隔门与拉窗，与客人们挤挤攘攘坐在一起唱歌、聊天、轮流跳舞。千岛节、鸠间节、砂持节，村民们就这样在种类多得数不清的歌谣与舞蹈中度过一整夜。其中有一首歌说："唱歌就是工作，跳舞就是工作。"在这里，我们见到了仿佛诞生于

---

1 节：指日本传统歌谣的旋律。边野喜节、仲顺节以及后文提到的千岛节、鸠间节、砂持节都是琉球民谣。

歌舞中的男女。

然而比起这个，更让我们感到震惊的是为出发前往异乡旅行之人而设、祝福其一路平安的集会：出航祈祷。

举行集会的地方在壶屋的村子深处。那是一间不足二点四间见方的小茅草屋。阴暗的小路上频繁传来太鼓的声响。终于，我们在屈起身子才能勉强进入的房门处，看到一大群人挤在一起和着三弦琴的旋律一边唱歌一边击鼓并用手打拍子，他们在某处一叠大小的空间中轮流换位，依次站立起来跳舞。灯光为这幅热闹景象勾上金边，映在房门口的我们眼中，叫人不由得屏息凝神，久久挪不开脚步。

在这四叠半是泥地、三叠铺了地板的房间中，挤了二十四五个人。这些人都是同一家族的亲戚，强壮的男人之间拥挤地坐着老妇、媳妇、女儿，与抱着婴儿的母亲们。佛龛下的角落里，两个中年男人正在拨弄三弦琴。烧酒酒劲儿上头的男人脱下衣服敲响太鼓，并用手打着节拍。一位母亲将怀中婴儿丢给身旁的女人，自己站起身跳起舞来。接下来换成一个老态龙钟的老太太。接下来是女儿。接下来是男人。

> 选在这样一个吉利的日子出航，
>
> 收起船网就会吹起顺风。[1]

这家的儿子昨天刚离开鹿儿岛，今晚船将到达七岛

1　原文为冲绳民谣。

滩，这次祈祷活动就是为了祈祷他在风浪狂暴的海路上能够平安。

人们仿佛被什么附身似的，只管唱着跳着。泛滥在灯光下的颜色与身影在火一般的音乐声中翻起泡沫，搅拌融合，彻底沸腾着。

一个男人说太鼓的棒槌太长，便自顾自地取出柴刀砍下一段，座中却并未因此混乱。这一幕昭示着某种超乎想象的强大力量的存在，因了它才使得此情此景乱中有序。无论是谁做出什么动作，这景象也不会散乱。

这里无论是人还是物都被染污、熏黑、破坏或褪色，却构成了一幅前所未有的美丽画面。甚至让人疑心他们不属于这个世界。

小镇和村落的十字路与丁字路口都竖立着刻有石敢当[1]的石头，或嵌入这种石头的墙壁。据说这是为了驱赶日落后出没于此地的妖魔的符咒。传闻这种妖怪的眉毛连成一字，还长着满头凌乱的红发。

旧历三月三日要砍树。壶屋的习俗是砍掉各处的黄槿木，将树叶焚烧后取其灰烬用作釉药。除了旧历十二月八日和三月三日之外都不能砍树。

每家每户的屋顶都有除魔用的狮子和鬼面朝天空瞪眼。它

1　驱邪用的石头，竖立在道路尽头或十字路口的刻有"石敢当"字样的石头。见于日本南九州到西南群岛各地。

们并非装饰物，而有其实际用途。

据说从附近识名村所在的山坡到首里的小路上，每晚都有被称为遗愿火的鬼火往来其间。一旦有人去世，家里的女人便会每天到墓地守灵，哭着向死者诉说些什么。在长满青草的斜坡上，这些由石头与灰浆筑成的坟墓永远奇特而庞大，这里的人即便死去也仍然活着。

冲绳的猜谜游戏里，有一则叫"大大的两片叶子是什么"。答案是"天与地"。站在离地面仅有十步二十步的高地，所见之物都与这则奇妙的无解之谜有关。

壶屋的陶器就是在这里诞生的。除了材料和技术，决定事物的重要因素更是环境与生活；壶屋不过是其中一例罢了。

人们往往容易耽于器物最终成型的效果，且往往容易错误地被这最后的结果所打动。然而事实上，与眼前器物相距甚远的背后，才有着最值得感动的东西——这片土地和这里的人们便是要将这个道理明示给我们。

——与芹泽、外村、滨田、柳的停留——

昭和十四年十月

第三章　小镇的景物

序

孩子们的身体并非依靠来历不明的粮食，而是由家乡土地种植的稻米、蔬菜，与附近海中打捞的鱼类铸造而成。家乡的声音，即方言让他们认识和理解世界。平缓的山坡、沉静的海湾与湖泊，和夹杂其中的零星田地塑造了他们的气质。

在被中海和宍道湖[1]擦得透亮的"壁龛"处，有一间仙境般的秀丽"客厅"，出云的孩子们便是在这间"客厅"里成长起来的。[2]复杂的地形也孕育了丰富的作物，虽产量不大，却能满足各式各样的生活。因此，比起受到日本海严厉考验的人们，石见与伯耆的居民生活可谓相当惬意了。

对出云人而言，中海与宍道湖也是镜子一般的存在。通过

1　宍道湖：位于岛根县东北部的海湾与湖泊，二者之间被一条名为大桥川的河流连通。

2　作者出生于岛根县安来市，旧时的"出云国"相当于现在的"出云地区"，包括松江市、出云市、安来市、云南市、奥出云町、饭南町等地；中海与宍道湖位于其间，故作此说。

这两面对镜，松江这座城市至今仍沉醉在自己的倒影中。

孩子们的世界也是如此。因十神山阻挡而形成的港湾化作一面水镜，安来市的千家万户便在这水镜前顾镜自盼。

和别的地方一样，这里的孩子们也在懂事之后开始结伴玩耍，将同样的风景留存在记忆之中。明治三十年前后，生活在这座城市里的淘气鬼们究竟见过什么，又被什么注视过呢？其中一人历经五十年后回忆起来的以下种种，便是那些影像中的一部分。

海滨之声

三月即将结束，寒意却依旧恋恋不舍地徘徊不去。冬日的气息虽已陈腐不堪，仅在隐蔽处、缝隙间和角落里苟延残喘，却也使出了全身气力抓紧这最后一丝寒意。

山丘朝南的一面与客厅外的廊檐虽已让位给崭新的春天，冬日却仍盘踞在北面中海到夜见滨[1]一带，恨恨地望过来。夹在冬与春之间的城镇静候着季节更替。冬与春时而交合时而分离，这暧昧交战中的三月，却是最有意趣、最具深意的时节。

这里的人们一旦感受到对岸的动静，即便身体还被束缚在严寒里，心却早已跳出牢笼扑进春天里。俗话说，春山会笑[2]。人是一种擅长大笑的生物，这里的人爱笑，不惜借来春山也要笑个痛快。成人如此，孩子们更是坐不住，其中好奇心

1　夜见滨：位于鸟取县西北端向外突出的半岛，将美保湾和中海分开。狭义上指半岛外海侧的沙滩海岸。
2　春山会笑：日语中有"山笑う"的形容，指春天山峦明朗美好的感觉。

旺盛的则是呼朋引伴，发动大家一同寻找新生的绿。

每到这时，一入夜就能听到海滩的鸣唱。所谓海滩的鸣唱，是指来自外海，打在小镇对岸夜见滨沙滩之上的海浪声，跨越中海传递过来的音讯。

当三月的音讯传来，海滩的鸣唱便带着些微明朗与暖意，一夜一夜融化这座冻僵的城市。凛凛作响的亿万海浪之声聚集在五里长的海岸，束成厚厚一捆向中海进发，又被二里厚的距离筛细、揉圆、加温，终于进入到这个城镇里来。它们不止回荡在空气中，也从地底钻了上来。

这声音催促着城中人家后院里的梅花绽放，月亮悬挂在枝头间，接着便整夜包裹着寂静的城市，轻而有节奏地摇晃孩子们的梦境，让它们更加圆满。

梅与莺

　　三月里，黄莺来了。把春意从山间带到村里，再送到农人家的小院里。去年来过的鸟儿今年又来了，连续两三年都来的也有。虽然从外形看不出分别，孩子们却相信，他们能从鸟叫声的特征里识别。

　　这些鸟是在山里长大的，虽然一句人话也不能模仿，叫声却比家养鸟那精准的发音可爱数倍。

　　它们时而落在梅树上，时而落在其他树木上，但黄莺果然还是落在梅树上更叫人心生欢喜。[1]

　　鸟儿们并未发觉纸拉门后窥视的目光，对孩子们的存在也毫不介意，挨个儿停驻在各种树木上。

　　孩子们不由想到，究竟是谁规定黄莺必须和梅树搭配的？松树也可停留，黄莺与松树搭配未尝不可。粗壮的棕树上也

1　日语中有"梅に鶯"的惯用语，指二者搭配相宜，是日本人自古以来的一种审美情趣。

可停留，黄莺与棕树也能配在一起才对。柿子树、樱树也是同理。

　　然而，松树已有仙鹤或鹰作固定搭配，棕树只属于棕鸟，柿子树则是乌鸦，这些都是自古以来的审美习惯。到头来黄莺不是只能和梅树搭配么。实际并非如此。黄莺正是因为停留在梅树上，才更显得美丽，梅树也因为有黄莺点缀其间而更有梅树的风韵。古人定下这幅图景自有其道理。

　　黄莺啊，落在梅树上吧。只要你来，梅花不久便开。

纹样之国染坊的工作

那时候，小镇上的家家户户都拥有手织机，大家日常穿着的衣物也大都出自手织。各式各样的飞白花纹与条纹，谁家都能织得出。

说起染坊，一般只是指染线的地方，但那时的染坊只要顾客提出要求，也能替人染带大花纹装饰的寝具、包袱皮、祝贺顺利生产的浴巾、带店名商号的门帘等等。小镇上也有几家这样的染坊。

在藏青底色上用白线拔染[1]而成，装饰着各式家纹的大型图案，或是偶尔染成朱红、黄或青色的纹样，这类装饰在当时很盛行。

对那时候的孩子们来说，小镇在某种程度上就是教室，因为沿街的店面几乎涵盖了所有能营生的行业。染坊也是个将镇上孩子染得五颜六色的地方。

---

1 拔染：一种染布方法。仅纹样部分保留染布的底色，其余部分染成别的颜色。

铺有地板的店内一侧并排摆满蓝缸，染坊的师傅正面朝一块由竹条拉伸开来的四方形白木棉布，手握油纸筒[1]，用挤出的糯糊线描绘纹样。

所谓油纸筒，是一种将一尺[2]四见方的油纸卷成圆锥形，并在其尖头处加上黄铜金属嘴的道具。在里面装满糯糊后用力挤压，金属嘴的部分会吐出圆柱形的糯糊条。

油纸筒和笔不同，从中挤出的黏糊糊的面条状粗线会像有生命似的攀爬转圈。小孩儿都喜欢会动的东西，染坊师傅之流虽不入他们的眼，但这活物般会动的线条却将他们的视线紧紧抓住。就像被勾走魂儿似的，孩子们目不转睛地盯着这"活线"。

在悠然伸长的线条上画出节点，便成了竹竿。将钉子般的线并列在一起，则成了松叶。先绘出几个圆，再将它们连接起来，便成了梅花。各式各样的松、竹、梅混杂在一起，渐渐便成为一个完整的图案。像三叶草一样，一朵有三片，三朵又合成一组。

染坊里还有鹤之丸[3]一类的纹样。这只鹤在这里被拧弯脖子，束起两翼，挤进一个圆形之内，这情状比起在空中翱翔时显得更洒脱、更自由、更愉快了吗，我无从知晓。在纹样设计

1　油纸筒：见后文，一种挤出糯糊描绘纹样的道具，外形类似于做蛋糕时挤奶油的裱花袋。

2　尺：日本的一尺长度因时代不同而各异，1891 年（明治二十四年）将一尺定为十米的 1/33（约为 30.3 厘米），并作为尺贯法的长度公认基本单位使用到 1958 年（昭和三十三年）。

3　鹤之丸：鹤纹的一种。将展开双翼的鹤做成圆形的图案。

中，超出自然常理的现象很常见，例如鹤龟纹样[1]。连鹤与龟这两种生活在不同世界的动物，在纹样中都能获得面对面交谈的机会。

为了一丁点儿食物经常从早到晚奔波不休的麻雀，在这里成了集万千宠爱于一身的胖雀，有着慑人威力的狮子在这里变得十分可爱，甚至拍起了手球。老虎也一样，在这里傻得超乎想象，竟和竹叶玩了起来。

此外，还有活蹦乱跳得不合常理的大鲷鱼。而添加在旁边的竹叶，像是在宣告"这并不只是为了反衬勾起食欲之物"似的，将鲷鱼烘托得更加喜庆。

鲤鱼跳龙门、狮子戏牡丹，都是十分精彩的画面，在这之上，还有绚丽夺目的彩色大礼签。让人感叹清晨如此之美的松树旁绘着日出。还有看一眼便使人感到幸福的万宝图。在孩子们即将展开的生涯纪录最开始的一页里，染坊的师傅们描绘了无数类似的图案。

染色之前，在这种糨糊描的纹样上撒一层黄色的糠，图案便像浮雕一样膨胀起来，见此情形，孩子们都欢喜异常。

三月里渐渐变暖的小河在城郊的街道旁流淌，河畔染坊的晾晒场上放着一排排染好的织物，它们和渐渐变绿的柳芽一样，并未招来路人的注目，无心引人回顾，却为这座小城、这个时代增添了无上的光辉。

1　鹤龟纹样：取自"千年鹤万年龟"的说法，这种纹样的装饰一般象征长寿。

小镇的神灵们

当积雪消融，道路变干的时候，捏米粉人的老爷爷、吹糖人的师傅和卖煎饼的叔叔便轮流登场了。他们在城中一块小空地里刚抽芽的柳树下支好摊子，吹起用刨花做的喇叭或敲起大鼓将孩子们唤来。

只要是孩子们喜欢的，捏糯米人[1]的老爷爷没有做不出来的。不管提出多么复杂的条件，他也能异常轻松地完成。老爷爷究竟藏着多少技艺，孩子们永远猜不到。类似鲸这样的大动物应该很难做吧，这样想着，孩子便指名要这个，不料老爷爷却将它做成了拇指般大小。有的孩子想知道仙鹤、鹭鸶之类的嘴和脚要怎么做，便说要这个，只见老爷爷做完躯干，立刻从抽屉里取出竹片解决了这个难题。

东西越复杂老爷爷做得越简单，越简单的东西做得越复杂。

1　捏糯米人：将糯米粉加水搅拌蒸熟后搞成膏状，以此为原材料用手和剪刀做成各种动物或吉祥物的形状，并涂上颜色的手工艺；类似中国的面塑（捏面人儿）。

若有人想要兔子，他便将其做得无比精巧。——要捏兔子，明明可以只将糯米团子搓圆，用小剪子拉扯出两只耳朵，再加上红色的眼珠就行，然而老爷爷知道，这样的兔子前段时间下雪时孩子们已经做过很多了。又比如，要捏出清正[1]和正成[2]本该十分复杂，他却直接用简单的泥塑天神模样代替，给其中一个小人背上菊水旗[3]，又给另一个小人背上猎虎长枪，以此区分两个人物。

老爷爷非常清楚孩子们喜好的核心和范围，如此才能最大限度地发挥自己的手艺。无论孩子们以为自己提出的要求有多古怪，对老人而言却并未超出能力范围之外，于是一个接一个抓住要害，做出让孩子满意的物什来。

这位老爷爷并不单单只用食物的方式对待食物，还要在外观上赋予它观赏价值，以此获得孩子们的喜爱。当孩子想吃糯米小人时，总会被大人训斥，说这种用手捏来捏去的东西不卫生，好在眼睛已经饱餐一顿，心里便也没了不满。

吹糖人与捏糯米人相比，还有一个飞跃般的工序，因此很受孩子们欢迎。在把糖人吹得膨胀的过程中，也可以将其做成任何想要的形状。

这一类流动摊贩中还有位做煎饼的老爷爷。他将黄铜容器

1　清正：指加藤清正，安土桃山时代的武将，被称为虎之助，是丰臣秀吉的手下，"贱岳七杆枪"之一。

2　正成：指楠木正成，南北朝时期的武将，河内国的豪族。1331 年，为响应后醍醐天皇而在河内和泉赤坂城举兵，为建立新政权做出了贡献。

3　菊水旗：菊水楠木家的家徽纹样。菊水旗则是绘有菊水图案的旗子。

壶口里流出的面粉液体，以令人惊叹的技术浇在铁板上，把孩子们喜欢的形象一点一点绘制出来。小孩儿喜欢的东西，他怎么知道得这么清楚呢？真是让人目瞪口呆。从壶口流出的黄色液体像有生命的绳索般，在铁板上蜿蜒旋转，时而拐弯、时而曲折地来来回回。在液线回到原点呈现出完整的形状之前，孩子们那一双双眼睛都像着了魔似的，被这细线牵引着咕噜直转。很快，在紧密的线条里出现了金鱼、小鸟、熊之类的动物。但转眼间，老爷爷像是毫不在意孩子们的心情一般，在这些图样上浇了层黏糊糊的液体，再用勺子将液体按压扩展，覆盖了所有的线条。孩子们像被夺走了好不容易得到的玩具那样垂头丧气，但这一切都是多虑，老爷爷像是早就看穿了他们的心思，滴溜溜转着眼珠挨个儿打量这些孩子，故意停顿了片刻，看准时机用勺子迅速翻了个面。与此同时，孩子们也立刻换上笑脸。此刻，铁板上糊糊的线条中出现了远比之前漂亮，烤得恰到好处的图案，活灵活现，还正冒着热气呢。

这些老爷爷们都对动物、植物和历史十分了解。从擅长抓住事物的特征这点来看，他们比这些学科的专家更能触动孩子的内心。捏糯米人、吹糖人和做煎饼，这些老人们做出来的东西虽然都不是实物，却用他们的方式为孩子们展示出许多实物中没有的真实感。

看似已经完成了开天辟地的启蒙，实则远远不够。

对孩子们而言，一切认知都还未成形，如云雾般缥缈不定。他们仍在等待开辟新天地的神灵。这些老爷爷也像古老的神一样，宣告自己的任务完成，将孩子们带往神话的海洋，助他们乘上新的传说之舟，并目送他们向没有尽头的彼岸前进，去寻找新的国土。

云雀与孩童

　　五月一到中旬，田地里便长满了麦子。齐整的麦穗覆盖了整片土壤，目之所及都是麦子、麦子、麦子。在数千万禾苗共同争分夺秒生长着的麦田中，孩子们时而吹着麦秆笛，时而像女孩儿剥豆子一样把蚕豆的豆荚捏鼓，享受压碎它时发出的噼啪声，同时，还注视着头顶叫个不停的云雀。而云雀并不急着着陆。它在天空朦胧的光亮中明明只有一个黑点大小，却不间断地扇动翅膀，向四下散播与体型不相符的大叫声。为什么云雀要一刻不停息地鸣唱呢，为什么要长时间徘徊在同一个地方呢。不过，就在这个过程中，它慢慢降落了下来。"喂，下来咯，下来咯"，孩子们彼此打着手势，紧张地咽了咽口水，蹲在附近目不转睛地等待着。云雀很快停下翅膀，像小石子一样直直掉了下来。但它们并不立刻回到巢穴里来，因为早已看穿，孩子们埋伏在四周——更进一步地说，云雀从出生以前就看穿了孩子们的埋伏。然而孩子们也不笨，从一开始就知道自己的行动被云雀识破了。当云雀以为已经成功把孩子们甩掉，从降落的地点回到相隔三五间的巢穴时，孩子们已经分头行动，找到了这个令人意想不到的所在。母鸟虽然慌张，却未立即飞上天空，而是突然藏进麦秆中奔跑，与鸟巢隔开一段距离后才飞起来，盘旋在鸟巢上空不停地大叫。在用草和藻类搭建的饭碗大小的鸟巢中，藏的不是鸟蛋，而是小鸟。

孩子们对鸟蛋没兴趣，对小鸟却玩性大起。三五只小鸟像是整个身体只有头，整个头只有嘴巴一样，将其拼命张开。这些化身为鸟嘴妖怪的小鸟们挤来挤去，拼命叫喊着。

这幅景象让孩子们感到一种可爱又可怕的异样情绪。捏在手掌中的小鸟动个不停，这冰凉又温暖，同时又让人毛骨悚然的生命的萌动，切切实实传到了孩子们的心中。

六月的皿山

六月是万物诞生的时节，大地开始喘息。站在树荫下凝神细听，能微微察觉那呻吟。树木花草也开始生长、繁茂。

米楮、栎树、榆树、榉树等大型"建筑"四周已挂上新绿色的窗帘，圆滚滚地在大气中蓊郁生长。

草坡的斜面上，撑着白色太阳伞的山百合正在散步。杜鹃们铺开绯红色的毡垫，吃起了便当。

小路边沿墙角绽放着野玫瑰香水店。旁边是鱼腥草的碎花织物店。走过绣着鸢尾的田川土桥，进入眼帘的是装饰着矢车菊和虞美人的友禅染[1]的绒毯。近处还有麦田铺就的明丽黄底格纹绸，秧田的蚊帐也支起来了。

日落之后，小河旁的月见草丛中亮起一簇簇灯光，那是萤火虫闪烁的霓虹。紧接着，以隐约响起的蛴螬鸣声为信号，模糊在芥火烟雾中的胧月像吊灯般点亮森林的礼堂，在这里，猫

---

1 友禅染：印花染色的一种。

头鹰的演讲开始了。

这位老者说：即使听不懂我的语言，能听到我声音的人也在某种程度上成了直面存在之奥秘的人，并因此得以碰触到幽玄的实体。——是啊，这位老者并未用语言说明这难解的问题。只是一而再、再而三地用声音反复解释着这个谜题。

此后，看不见身影的鸟类、秧鸡和杜鹃，也在人们清浅的睡眠中撒下几篇轻柔的乐谱。

被称为唐津场或皿山的窑厂位于小镇边缘，六月里，所有人都忙于农事，这里的工作也暂时停止。采茶、割麦、插秧，一系列农活让人们异常繁忙。窑厂背后的山中传出松蝉的鸣声，在空无一人的窑厂小屋草棚下，层层叠叠堆放的花盆、水瓮、陶壶、砂锅在懒洋洋的暑气里静静呼吸，继续熟睡。这里的一切都是在制陶成为专业工作之前的生活，是陶器与农事并未完全分离时的生活。保有这般生活方式的此处可谓窑厂的典范。

到了麦子抽穗的时期，孩子们便常常跑到皿山的淘洗[1]场——新川的小屋去。就像蚂蚁能在任何地方嗅出某种甜味一样，孩子们也绝不会放过这里的黏土。那时候的学校还没有手工这门课程，孩子们都是靠自己的双手学会手工的。而这些黏土，也是他们必需的教材。

装有吊水筒的水井旁有一个泥池子，将水过滤后得到的

---

1 淘洗：是利用细粒子下沉慢而粗粒子下沉快的原理，用水分离细粒子和粗粒子的方法。

泥土会被放进素烧的陶盆里，一个个排列在通风小屋内的搁板上。

孩子们当然不会放过这些。这间屋子就像在宣布"想要多少尽管拿走"似的，将一切物什悉数袒露。孩子们小心翼翼地低头穿过麦田土埂到来，谁都不会忘记摘一片小屋旁的款冬叶片，将刨下来的黏糊糊的黄色泥土包住。

可偶尔运气不好，也会被那里的老人发现。"喂! 你们在胡闹些啥——"，老人大喊着追过来，但为时已晚，孩子们早已在老人的身影若隐若现时，像云雀一般躲进了麦田中。

由于孩子们总爱到皿山玩耍，不知不觉间，通过眼睛学到了很多陶工的技艺。揉土的方法、拉坯台的转法、研钵内壁的拉法、陶壶嘴和把手的制法，等等。这些技法中的大多数都是经过长年累月在玩耍时习得的。渐渐地，连大水瓮的施釉法、陶瓶纹样的描法之类也用眼睛看熟了。

拉坯转台上的工作最能引起孩子们的兴趣，因为这个过程就是造物本身。泥土在滴溜溜旋转的过程中渐渐显出轮廓，时而变细，时而变粗，通过沾满泥土的双手最终成型。孩子们也像这泥土一样，被眼前的一切反复揉搓。

将陶器按从大到小的顺序堆满窑炉的场面很壮观。缸与缸并列，盆与盆相邻，单嘴的都朝同一方向看齐。其间还时常交错摆放着喝咕噜咕噜茶[1]用的茶碗。

---

1 咕噜咕噜茶：ぽてぽて茶，是出云地区曾经盛行的一种饮茶法。在大号茶碗中加入米饭、煮好的豆子、腌制品、味噌等，注入番茶（粗茶），再用茶筅搅拌后饮用。ぽてぽて是指搅拌时发出的声音，此处译作"咕噜咕噜"。

孩子们在这里见识了至今为止从未见过的火焰。将透过灶门隐约可见的水瓮、研钵、单嘴瓶舔舐得雪白发亮的火焰。这是何等强劲的力量，何等令人赞叹的技艺啊。就像寒气钻入水中造就了美丽的冰一样，火也钻入了土中。就像黑暗中闪现出亮光一般，火让土变得坚固。孩子们也在不知不觉间，被这样的火煅烧着。

蚯蚓的鸣唱

初夏的夜晚，万物隐匿了白昼可见的形态，取而代之用声音告诉人们自己的所在。侧耳倾听，各式各样的声音将夜色戳出一个个小洞。——时远时近、时隐时现、时大时小。

在黑夜里的各色声音中，分外鲜明的要数一种好似不间断打着小孔的唧唧声。以为在这里，凝神细听后却感觉似乎是在对面，走到对面，却又感觉声音来自后方。究竟是什么动物在何处低鸣呢？孩子们说，那是生活在地底的蚯蚓在唱歌。

那讨人嫌的蚯蚓竟能发出如此不可思议的声音？与形貌不符，这是种多么深邃的语言啊。——孩子们因此对蚯蚓改观了。然而很快，他们又听说这是种叫"蝼蛄"的虫子的叫声，顿时感到沮丧，因为蚯蚓又变回了从前的蚯蚓，再也不特别了。要说蝼蛄，大家都知道啊——在院子里做游戏时，会从挖出的泥土里钻出来，蜜蜂似的身体，背部还背着观音像。让人奇怪它们究竟在土里干什么、又怎样生存的那种虫子。虽然为蚯蚓感到遗憾，但这种虫子作为那声音的主人，倒也并不让人难以接受。怪不得要背着观音像呢，孩子们用这种方式说服了自己。然而与蝉啊蟋蟀之类不同，从未有人见过蝼蛄在眼前鸣叫，因此无论如何也无法将它们和那种声音联系起来。

如同在黑暗中刻下生命深邃刻度般的那种声音，果然还是属于那无头无尾、无口无耳、无手无脚，只有长度和粗细的生物的语言吧——蚯蚓的语言。这样想才更合乎情理，也更适合、更真实吧。

一到蚯蚓鸣唱的时节，秧鸡也时常现身了。偶尔还会进入小镇居民的庭院。秧鸡常被称为"敲门秧鸡"，声如其名，叫声的确像是在敲门一样。听声音以为离得很近，但很快就远了。虽然音调不高，却总能在短暂的夏夜将孩子们从沉沉的睡眠中唤醒。也因此，秧鸡对孩子们而言是种只闻其声、不见其形的鸟。即使在绘本里看到长嘴长脚的鸟站在萍蓬草旁时，被告知这就是秧鸡，他们也无法将那朦胧中隐约听到的叫声跟眼前的鸟联系起来。

对孩子们而言，没有实体的鸟还有杜鹃。在阴雨连绵的梅雨季节，深夜或清晨都能听到这种鸟的叫声。声音掠过难眠夜的浅梦，如箭一般飞远。不是那种只要等着就能听见的叫声，而是正当你以为听见的时候，声音却已消失了。如此无常的鸣叫，却不可思议地强烈触动着孩子们的心。白昼里意识清醒时不会被触动，而当身体如雨停时天边出现的淡月那样朦胧时，则被这声音深深穿透。这种鸟也和秧鸡一样，无论看到怎样生动的照片和标本，也始终无法将这与那黑暗中划破夜幕、整夜鸣唱的鸟儿联系起来。也许它们都是只有声音、没有实体的鸟吧。

沉睡者们

01 章鱼的黑汁

在中海能捕到一种小型章鱼。只要是在丰收时节，走进镇上的料理店，它的黑汁想要多少都能吃到。所谓的黑汁，就是章鱼在危急时刻发射出的自我防卫的墨汁。这种对挑战者而言无异于毒汁的黑汁，与酱油混合充分煮过后入口，会产生一种难以言喻的迷人滋味，人皆为之倾倒。

触舌黏稠之中有种微妙的味道在躁动。强烈、浓厚、深邃，却不腻歪，回荡在圆融甜味里的咸味，和着海岸香气的波长——这种感觉使人身心愉悦。究竟是谁在什么时候发现了这种感受呢？从那以后，体会到这复杂而神秘之感的人也多了起来。然而只要还未品尝过章鱼的黑汁，无论吃什么食物也永远不会明白。

黑汁就这样潜入小镇孩子们的身体，在他们年幼时便唤醒了这种感受。

02 萤火虫

在临近小镇的乡村，今津的"伊势"川旁有很多萤火虫。这条从饭梨川分道而来的小河在流入田间成为灌溉水源之前，清澈的河水时常漫过白色的细砂。河流宽幅不足一间，岸旁长了许多芦苇，雪白的乡间小道延伸在侧。当太阳没入饭梨川高高的堤坝之后，月见草的灯光便很快被点亮。收割完毕后的麦田里四处可见点燃麦秆冒出的烟。插完秧的水田里传来青蛙的歌声。孩子们在用旧的筛网外覆上蚊帐做萤笼，撩起浴衣的衣角，带上它三五成群地出门去了。

萤火虫多在植物根茎或叶片中释放那幽暗的光芒。踩着水踏入小河的孩子们在捉到第一只第二只萤火虫后，便已沉浸其中，开始追逐飞舞的萤火。有时候一不小心踏入水深处，弄得全身湿透，或是在地里奔跑时摔得一身泥，像被神怪附体似的向河的上游走去，消失在夜色深处。

经历了这些，孩子们便开始将这亮着小灯的虫子视为无可替代的珍贵之物，每一只都无比重要。冰凉的火珠，闪烁的宝石——自此，萤火虫潜入了孩子们身体深处，成为不死的光芒。

证据便是，这些孩子无论长到几岁，每年一到这个季节，无论他们在哪里做着什么，潜伏在身体中的萤火虫都会点亮奇妙的灯火，唤醒沉睡在记忆里的小河、芥火[1]与蛙声。

---

1 芥火：渔人焚烧碎藻和垃圾时生的火。

孩子们的向导

当孩子们走在大热天被烤得滚烫的小路上时，不知从何处飞来一群五色的火之子般的小虫，停在路的正中等待他们靠近。走到离它们还有两三步时，小虫又"嘶——"地飞向前方，停在道路中央等待。孩子们感到奇怪，于是又向前靠拢，却又被它们领先几步，小虫永远飞在前方，牵引他们靠近。斑蝥首先是靠颜色，靠那五彩斑斓的色泽吸引孩子的目光。接着用那看起来很容易追上的距离，以神奇的力量施展反复之术，将孩子们一步步拉近。孩子们并未发现，这是季节之神为了不让他们累倒在灼热发白的乡间小路上而唤来的向导，只是专心致志地试图捕捉那些五彩的小虫。然而最终还是失败了。向导总是领先他们一步，永远离他们一步之遥。既然用寻常的方法捉不到，那就跑着捉，或是扔石子去打。这样一来，失去了镶嵌在路标上似的美丽向导，孩子们只能悔不当初。残留在眼前的只有氤氲着呛人干草气味的小路，在惨白的炎天下笔直延伸。

小镇的景物

卖风车的人

卖风车的人将插着大量五彩风车的盆子顶在头上，春风似的来了。白色手甲[1]配浅黄色绑腿，穿白色足袋[2]的脚上踏着草鞋，这位皮肤被晒成浅黑色的女商贩一边敲着带花纹的大鼓，一边面无表色地跳着舞走在小镇明亮的街道上。

卖风车的人都会七种变化。所谓七种变化，是指用彩纸叠出花的样子，再嗖的一下变成各种形状。孩子们对这种会动、会变的东西十分敏锐。

被称为"窥视镜"的万花筒，一旦将其拆解开来，立刻就能明白内部构造，但七种变化为什么却让人捉摸不透呢，无论看多少次都不明白。七种变化将孩子们唰唰唰地颠来倒去，用各种可爱的形状捉弄着大家。

1　手甲：类似于袖套，是一种为防止外伤、寒气、日晒而戴在手部的护甲。覆盖从手背指根到胳膊肘的范围，用于武器防具时多为革制品，用于行商、旅行或劳动时多为木棉制品。

2　足袋：一种布制的袋形袜。大脚趾与其他四个脚趾分为两部分，脚后跟上部有搭扣固定。

卖点心的人

卖点心的人扎起花哨的浴衣衣角，系上白缠头，白足袋外踏一双竹皮草鞋，手拿用细竹条并在一起栓成的，像带把手的簸箕似的木板，一边敲打，一边穿过黄昏时的小镇。

一边唱着"乡村嘞——哟哟，乡村第一的点心嘞，来了来了"，一边跳着，腰间红色的小灯笼摇摇晃晃，伴着卖点心的人走街串巷。他唱的究竟是什么意思，卖的又是什么点心呢？这位过客兜售的无法判断原料和来历的点心，孩子们没能说服大人买来尝尝。

即便如此，卖点心的人也为孩子们留下了舞蹈、歌声，与夏日的月色。

卖药郎和郎中

红色的蜻蜓围着卖药郎飞过街道。在秋风开始吹拂的时候，身穿白衬衫、腿缚黑绑腿、脚踏草鞋、背着小包袱的卖药郎撑着内青外白的蝙蝠伞，走进日光明亮的小镇。边走边吆喝"赞岐就数高松的万能丹最有名"，不时还将登着广告的小纸片哗哗撒向空中。孩子们像围拢鱼饵的小鱼一样，一面捡纸片一面跟在卖药郎后面走。没过多久，不知不觉间，卖药郎渐渐不再来访，取而代之的是另一个自称日本第一药馆的郎中。他穿着金光闪闪的服装，肩挎黑色皮包，拉着手风琴来到镇上。

"胸痛、腹痛、肩膀僵硬，快来我这里。"

孩子们一边拾捡散落在秋风中的音符碎片，一边合着郎中的步调一路向前。

这些贩卖物品的人究竟是从哪里，又如何到来的呢？他们就像迁徙的鸟儿那样准时出现，从未弄错季节。这些人就像被某个不知名的组织操控，如同酒劲儿弥漫全身似的，足迹覆盖整个日本的各个角落，将那时的孩子们染成与自己同样的颜色。

这些人赖以生存的买卖本身并未带来什么奇效，但小贩们手中撑开的青白色蝙蝠伞、背在身上演奏的音乐——就像药物的外包装一样，这些附属品却在买卖之外，赋予孩子们意想不到的功效。就像飞走的鸟儿可以用绘画捕捉，将其定格在空中一样，这些早已消逝的人们——卖药郎和郎中等等，也在孩子们未曾察觉之时潜入了他们的身体。在孩子们以后忙碌的人生中寻找缺口，伺机探出头来。只要活着，他们便一直存在。

这些构成小镇一景的生意人在某个时期曾存于世上，此后再也没有了踪迹。可谓是一种谋生方式的灭亡。他们充其量只能活在见过并知道他们的那代人心中，往后，便只能通过记录和传闻，像廉价标本一样得到暂时的保存，再往后，则消失得无影无踪。

乞丐的馈赠

那时候，镇上有一个来自中岛、名为阿安的"乞丐"。中岛，是耸立在小镇西南方一座名为京罗义山山脚的一个乡村。

据说阿安年幼时因饭梨川的水灾而失去了家人和田地，成为一名"乞丐"。从那以后，每天走二里路到这里来成了他的习惯。

乞丐中通常不可能存在干净整洁的人。但稍加留意便会发现，阿安虽说不上干净整洁，却也并不肮脏。他把脏脏的手织条纹和服随意叠穿在身上，脚踏草鞋，带着面无表情的黄色脸孔摇摇晃晃地来了。说到乞丐，人们往往认为他们不止把自己弄得很脏，连住所也一并污染了，但阿安并不是那种"乞丐"。他出现在那时的镇上也并无违和感。不仅如此，这位"乞丐"甚至还将小镇的人情味悠悠地拉长了。

这位"乞丐"并不只是从小镇上获取东西，另一方面，也总是给小镇带来馈赠。也许镇上的人们比起给予，更多的是从他身上获得了些什么吧。这么说是因为，他从来不在乎小镇繁忙还是闲暇，总是像风中插在地里的木桩一样站在别人门前，仿佛洞穿了一切，什么也不收取，只是望着前方在镇上游荡。此外，阿安还经常将小店或房屋庭前胡乱摆放的木屐摆好。把每家每户的木屐都摆得整整齐齐。如果说阿安有工作的话，每天到镇上来将大家的木屐摆放整齐，便可视为他的工作。

所谓乞丐，便是什么也不做，靠乞讨获得物品。而阿安是用自己的行为获得报偿，想必他自己也清楚这一点。但若是这样就把阿安归类于劳动者，那他也太无欲无求、太超脱了。也许阿安仍然奉行着乞丐之道——洒脱大度，满足于他人施舍，并不贪求更多的乞丐之道——这常常也无限接近于求道者之路。

话说回来，那时候，市场里有一家被叫作"小猫太太"（nekonekohan）或"猫太"（nekohan）的杂货铺。因为店主个子小小的、可爱又十分亲近人，脸上时常挂着微笑，因而被人们以特征代替店名相称。虽然"neko"的本意是猫咪，也有人说是猫被抚摸时发出的声音，但这里的方言通常把"ni"念成"ne"，用这种方式说她是小猫的人才更像猫吧。[1]

店主总是满脸笑意的证据之一就是，吊在店头的各色物品中，有一种挖空桐木做成，通常被人挂在腰间的烟盒，名为"药

1　由于当地方言将"ni"念成"ne"，nikoniko（满脸微笑的样子）便成了nekoneko（小猫）。因此，称店主为"小猫太太""猫太"的人可分为两种，一种是说她待人亲切和善，一种是戏谑的称呼。作者此处对后者有轻微的责备意。

咕噜",上面绘有微笑的多福面[1]。"药咕噜",似乎是从"药笼"转化而来[2],比起药笼,倒是药咕噜的发音更能体现其形态特征。此外,店内仅留出很小一块可落座的空间,剩下的都被各种商品塞得满满的,任何一件仿佛都在竭尽全力逗人开心。尚未被使用的崭新形状与颜色让这些商品充满诱惑。被此类物品环绕的安心感与小而紧凑的生活之美,当然不可能逃过孩子们的法眼。而将这些物品悉数以笑容包装起来的女店主,孩子们也不可能不喜欢她。

另外,与店主人长得十分相似的多福娃娃身上那只"药咕噜"在当时主要流行于地方的百姓和渔夫之间,在流经小镇旁的伯太川上游与位于中国山脉[3]中一个名叫阿比礼的村落中,被称为农家的副产品。鼓鼓的双颊之间夹着若隐若现的低鼻梁与带笑的眼。不知为何,阿安被这位美人迷住了。一旦存够十文钱,他便到"小猫太太"的店里买一个"药咕噜"。钱不够的时候,就以八文钱的价格卖一个旧的,再添两文买一个新的。阿安究竟有几个"药咕噜"呢,为这种事操心的也大有人在。就这样,在阿安那随意叠缠的腰带上,时常能看到五六个"药咕噜"在展颜微笑。常言道,乞丐总是背着所有财产行动,但阿安并不是那种庸俗的乞丐。在他那相当于客厅壁龛处的腰带上,总是陈列着这些装饰品似的"药咕噜"。

---

1 多福面:一种圆脸高额、鼻子低、脸颊丰腴的女性面具。

2 药咕噜,发音为 yakkoro;药笼,发音为 yakuro。

3 中国山脉:并非中国,而是日本中国地区(本州西部)东西走向的山地。

物品摆放在合宜的位置，这是最好不过的，但现实总是事与愿违。例如，百姓和渔夫腰间并没有"药咕噜"，而阿安身上却挂着这本不该出现在他腰间的"药咕噜"。孩子们能迅速察觉到最细微的异样，且在这方面比大人敏锐得多。他们并不针对阿安，而是对这出现在不该出现之处的物品予以关注和谈论，感到十分有趣。而小镇上的居民也都托了阿安这座移动展厅的福，深刻记住了"药咕噜"的存在，意识到其中蕴藏的美感。

鳗鱼养殖人的小屋

沿海港而建的小渔村在海岸边搭着养殖鳗鱼的小屋。那时，渔民们挑着扁担翻越中国山脉的四十座山顶到达美作[1]的津山，再坐火车送到大阪的出云鳗鱼，大多数是由这个养殖小屋的鱼塘提供的。

养殖小屋位于距离海岸三四间的洋面，是一座面积一坪[2]左右、搭建在四根木桩上的稻草屋。在小屋旁架设木板桥，桥两侧挂上浸在水中的鳗鱼笼，便形成了鱼塘。如果将坚田的浮见堂[3]用水墨画描绘出来，大概就能传达出这座小屋的神韵了吧。从各式小船停泊的海岸眺望，这座小屋以十神山为远景，隔着海中挂网映入眼中；它并非可有可无，反而是这海港无比

1　美作：日本旧国名之一，相当于现在的冈山县东北部，自古以来以生产和纸（美作纸）而闻名。

2　坪：土地或建筑物的面积单位。一坪约为 3.306 平方米。

3　坚田的浮见堂：位于滋贺县大津市坚田区的琵琶湖畔，在临济宗大德寺派海门山满月寺中，是一座向外伸向湖中的佛堂。

重要的宝物。虽然只是鱼塘，却也赋予了小渔村养殖业以外的精神财富。

木板桥是用废船的船板搭建的，目的不在于美观。虽说如此，这颇有几分危险之美的木桥绝非是粗制滥造。

小屋如同菜园里的堆肥间，虽然总叫人感觉空间狭小，但里面容纳一个人还是绰绰有余的，在屋内起居也完全足够。没有人留守的时候，这间小屋很有美感，一旦有人前来，这美更是成倍增加了。总是被自己的住宅牵制而沦为其家仆的人们，来到这里才终于清楚意识到"有人的存在才有家"，这也充分显示出小屋能让居住其中的人返璞归真。

总之，尽管这里从未让人联想到实际利益以外的东西，却把一切都像玩具般完美地缩小了。无论是从陆地或是从海面上看，小屋都是不可或缺的存在。不仅如此，同样的小屋共有两间。涨潮时的海水"啪啪"地拍向岸边的暗夜里，小屋里的人窸窸窣窣点燃微弱的煤油灯，此时，似有来历不明的东西潜伏于近处。且不说清晨下雪或月夜时分的小屋，那些随时能将这海港前的建筑物收入眼底却不以为意的渔夫及村民，才是最幸福的吧。

鲶鱼的生存状态

在木户川流向中海的下游位置，河流两岸并列搭建着好几座小船屋。这里的船屋内部都放着打捞海藻海泥、搬运河沙的平底船，房顶铺着稻草，为流经村子内部农田以西的小河增添了一处特别的景观。当孩子们厌倦了在海里游泳，便会常常到这里玩耍。撑出船屋里的小船，沿河流忽上忽下，不知不觉间便学会了用竹竿撑船。

很多人都说竹竿比橹难用，的确，用得不好就很容易在原地打转。首先将长竹竿伸向河底，尽力伸长的双手要像拔河一样相互交替，迅速将竿子提起才对。接着将还在滴水的竹竿再次插进水里，再敏捷地拉上来。如此这般，小船便轻快地滑了起来。那感觉别提多棒了。

长满河岸的芦苇将时常浑浊的河水装饰得很漂亮。水库上游的水淤积，水很深，水中的莲蓬草那青绿色的叶子和黄色的小花，将正午的阳光反射出刺眼的亮光。而从水库闸门上方溢出的水坠落成宽广的瀑布，并在底部溅起白色的水花，卷起瘆人的旋涡。

芦苇莺嘤嘤地叫着。翠鸟时而用它美丽的羽毛轻抚水面。拥有浅黑色羽毛的水之使者色螁飞来飞去。在略微淤积的地方，大量豉虫来回游走着。蜗牛也时常出现。孩子们总是很容易被这些小动物迷住，成为它们的俘虏。这些家伙真是不可思议啊。在水面上用四只脚跑来跑去，真是太奇怪了。它们为什么能如此轻易地在水上活动呢。像黑色小纽扣一样的蜗牛也描绘出各式各样的曲线。孩子们对这些小虫虽然没有丝毫厌恶的情绪，却总是禁不住想对它们来一番恶作剧。他们粗略地观察一遍，看腻了就用竹竿将水搅浑，或拍打水面，将水胡乱泼溅。小虫们立刻就不见了踪影，但很快又出现，像没发生任何事似的轻抚水面来回游动，像在对水说着：变平吧，变平吧。

这样玩了一阵子，对面的某个伙伴突然大叫道："啊，有鲶鱼，有鲶鱼！"大家便静静地撑着船向船屋的方向靠近，向河底窥视。啊，真的有！在漂浮着大量水垢、散发出金属味、呈赤红褐色的河水淤积处，正巧斜射过来的午后阳光唰地照出一条大鲶鱼。河水将鲶鱼的一切囫囵暴露，鲶鱼也不认输，将这浑浊的河水变成一片摸不着深浅的诡异所在。它将长长的胡须向两边分开，摇着饭勺似的脑袋悠悠地游动着。孩子们蹲在船边，紧张地凝视着。这种鱼真是越看越觉得怪。外形虽然滑稽，却总让人觉得有些不舒服。脑袋和嘴角的形状虽然可爱，但那细眼睛和长胡须又很有魄力。与其说是鱼，不如说像怪兽；

明明滑头滑脑，却又敏捷得让人吃惊。此外，当你刚发现它长着圆勺似的鱼鳍很可爱，却又紧接着看到它的背上竖着白色刀刃似的背鳍。这种鱼真是叫人捉摸不透。

抛开这些，当孩子们看到鲶鱼时，第一反应是想要捉住它。为什么会有这种想法，而不是别的呢？为什么想捉住它的欲望会如此清晰地出现呢？然而，孩子们并没有意识到自己体内栖居的某种意识开始苏醒，只是不分青红皂白地一个劲儿想要抓住它。但该说是幸或不幸呢，那时候大家都是赤手空拳，没有任何工具，所以一筹莫展。在那儿，在那儿！他们跺着脚大叫，却想不出办法。只能目不转睛地盯着那鲶鱼，却拿它没辙。不过，这种想捉却没能捉到的不甘心，让孩子们获得了一种比实现目标更有意义的东西。那就是让孩子理解了鲶鱼的生命，让他们看到它活着，并在适合其生存的地方活着的本来姿态。

孩子们在日后还将多次看见放在盆子里的大鲶鱼、饲养在池塘里的更大的鲶鱼，但那些却早已不是真正的鲶鱼了。

百万遍 [1]

等到盂兰盆会 [2] 结束的时候，秋天匆匆忙忙地赶来了。将神佛们送回到西方极乐净土之后，在淡淡的不舍、寂寥，却又焕然一新、充满爽朗感的早晚凉意中，孩子们迎来了百万遍念佛的行事。轮到这一年担任小镇当屋 [3] 的家庭收拾好客厅，将从寺庙里请来的阿弥陀佛供奉起来，打开装饰用的御厨子棚 [4] 小门，在厅内挂上锦帘，并用紫色的绳结扎起。接下来，那些在柜子里放了一整年的褪色绯红毛毯、被虫蛀过的织金线坐垫、并排连成一串的褪色红灯笼，因密闭时间太长而散发出霉味，

1　百万遍："百万遍念佛"的略称。净土宗的僧众或信徒齐聚一堂念佛，并将108颗念珠反复拨弄一百遍的佛事。虽是作为京都知恩寺的行事而闻名，但在家中也可以进行。

2　盂兰盆会：原是为拯救苦难亡灵而举行的佛事，在日本将其与初秋的祭灵活动融合，成为迎接和供奉祖先之灵的民俗性佛教活动。

3　当屋：在祭祀或佛事中主持活动、负责相关事务的人或家庭。原为世袭，后改为挨家挨户轮流出任。

4　御厨子棚：原本是放在厨房里收纳食物的柜子，后来被做成精美的装饰放在客厅里。类似双层柜，下层装着朝两边开的门，装有梳子盒、砚台盒一类的器物。

它们叹息几声，很快被清理得焕然一新。作为供品的新鲜花草和食物则带来新秋的缱绻气息。

供品中的南瓜、茄子、豇豆和新鲜芋头满溢着季节丰收的喜悦，装在高脚盘里的乌冬和素面表达着清爽的感谢，堆积在一起的各色干果呈上包含敬意的礼拜，在这带着乡土气息的庄严场景面前，簇拥着许多的小孩儿。孩子们敲响借自寺庙的双盘[1]，撞击出的当当声和着线香的味道，让这仅限于佛事中的情绪回荡在整个小镇里。

孩子们围成一圈，依次传递大念珠，跟着双盘敲击的节奏齐声念道："南无阿弥陀——南无阿弥陀佛，南无阿弥陀——佛。"接着，当那不知经由几代祖先之手而被摩擦得光溜溜的蜜糖色大念珠转到自己手里时——就像他们祖先曾经做过的那样——他们将这念珠串捧至额头处，再传递给下一个人。就这样反复无数次地念经。再然后，便能吃到按自古以来从未更改的食谱准备的斋饭：木盘中盛得满满的红豆饭、炸丸子、红烧豆腐、油炸豆腐、红烧蔬菜等。饭后还能吃到粗点心、本地产的桃子和小颗粒的葡萄。

孩子们并不懂念佛究竟是什么，也完全不知道百万遍是种有着怎样来历的行事。即便如此，也完全不用担心他们因不懂或未被告知而使这场法事变得毫无意义。因为百万遍也是由我们祖先代代相传下来的一种类似铸模般的东西，这种铸模还具有强烈的地方特色，在孩子们未曾察觉的过程中，将同样的材

---

1 双盘：在寺院举行法会时互击发声的金属盘。

料融化、填充、固定成同样的形状。在这里，便是由那双盘尖锐的声音和着秋天凉爽的悲愁、廉价线香描绘出的西方净土曼陀罗、被虫蛀过的假织金坐垫的叹息，以及斋饭里红烧菜肴传递的嗅觉历史——由这些东西，为孩子们打上作为佛教徒必不可少、无法避免的共通印记。

秋 虫

　　"望着对面的山来织布吧，蛐——蛐儿呀。"孩子们捏着蟋蟀的身体一面摇晃，一面朝对面的青山唱着这样的歌。

　　爬满藤蔓的芋头田边，整齐排列的田地看守者玉米、黍子在高处挥舞着长长的手。绿油油的田地里，刚抽穗的稻子在若有若无的微风中沙沙作响。田坎和小路上弥漫着阳光下青草的热气，从水田到旱地、旱地到群山间的天空中漂浮着白云。在酷暑时节，每天拿锥子似的声音在人皮肤上钻出排汗小孔的油蝉也结束了工作，让位给昼鸣蝉与寒蝉。就这样，孩子们被催促着从夏天进入秋季。

　　然而，在阳光最猛烈的午后时分，火焰般的青草丛中，蟋蟀依旧配合着炎夏的余音，将周围的一切燃烧成碧绿色。那用翡翠打造的漂亮身体里还残留着仲夏的余烬。

　　昆虫有各式各样的种类，铃虫和松虫[1]也在其中，但它们

1　二者皆属于蟋蟀科。

作为奏乐家的声音太过协调，像是浑身技艺都被人们见识完的过气残兵，无法引起孩子们的兴趣。比起它们，黑蟋蟀虽然粗犷，却从未被人捉住或利用过，不靠技术取悦人，只是悉数展现其天然性，从而获得孩子们的喜爱。

黑蟋蟀将孩子们领向秋天的门口。沐浴着新风，张开双翅振动，将自己鲜活的生机与不知名的幸福带给大家。它们不愧是开启新秋之扉的守门人。

捉住一看，黑蟋蟀的颜色像施在水瓮上的柿釉般闪着油亮的光，身上的制服很符合季节守门人的身份。到了晚上，水鸟停在离油灯很近的纸门旁，偶尔也在孩子们的蚊帐上叫唤。那通透均匀，如同宝石般的身体里究竟装着什么呢？——孩子们从来都是唯美国度的发现者与居住者。

到了傍晚，庭院和厨房角落的蟋蟀开始唱歌。"唧唧 / 色线织布借来吧 / 大后天是放生会。"其他地方的蟋蟀叫声中隐含凄凉，而这里的蟋蟀鸣唱只为完成任务。色线，是用来织布的染色丝线，想要通过拼命地"借"，力图在解放日之前完成织布的工作，这就是蟋蟀的愿望。白天被残暑焚烧过的空气一到夜晚，便被这些蟋蟀凉水般的鸣叫更换一新。这些小虫时而在镇上明亮的店铺门口的地面吟唱，时而在门后的草丛、仓库的门前，或是杂物间的阴凉处吟唱。无论它们在哪儿唱，都能美化该处的环境，尤其是在厨房。蟑螂横行的碗柜角落、厨房的水瓮后、脱在一旁胡乱摆放的庭院木屐旁——若是点亮寂静厨房里那被熏黑的煤油灯，这小虫会将周遭变得更加美妙。

季节洗褪了夹竹桃、凌霄花与百日红身上的夏日颜色，又用芙蓉花的色彩示明时节的温度。孩子们脱下汗涔涔、脏兮兮、皱巴巴的夏装，不知何时穿上了下一季的新衣。自懂事以来，孩子们每年接触的花花虫虫逐渐增多，在记忆里刻下印记的却还很少，但在此后即将翻开的庞大人生笔记本的最初，这些事物都会被一一记录在册。

蔬菜的信号

　　那时候，小城的后街有许多农家。从大门的造型便能看出主人家是自耕农的庭院里，一到秋天便会散发出桂花的香气，硕大的西条柿果实累累、压满枝头。绕过这种农家旁侧的小道，会看见许多稻草铺就的小巧房屋，这就是佃户们的家，它们按适当的距离排列着，寂静地伸向农田方向。

　　城里的人们比起显眼的大路，更喜欢走这样的小路。——沿道路延伸的黄土粗坯墙给人以温暖的视感，竹篱上缠绕着四季豆与牵牛花。——这种一年四季种植各种花草树木并收获果实的田园生活让人倍感亲切，也在无意间吸引着城市里的人们。所以这种小路反而行人较多。

　　这些农家的人虽然也住在城中，却和大路上的商人们过着完全不同的生活，有着农民特有的气质、风采与习惯。此外，他们还是城中必不可少的新鲜蔬菜的热情提供者。

　　散发着早春气息的芥菜、嫩叶初发时的豌豆。被夏日朝露沾湿的黄瓜、茄子，抢在秋初成熟的大豆、间苗菜[1]。降雪时分的红蔓菁、刚发芽的菊花。农人们把刚摘下的这些蔬菜提供给城里的人。

那时，这些小路旁的农家时常敞开的门外屋檐下总是铺着稻席，上面摆放着人们需求的应季蔬菜。

这边是茄子堆成的小山，黄瓜旁边摆着南瓜，前面整齐堆放着几把豇豆，尖端还开着小花的四季豆和几个青柿子配在一处，夏日的萝卜配刚挖出来的红芋头。这里时常放着各种蔬菜，却和五花八门的蔬菜店不同，从长在地里的时候起，就把自己的价值全部展现出来了。此外，每种蔬菜的上面都放了张画着黑色星星的小纸片。显然，黑星星的个数代表价格。于是，无论这家人在或不在，只要有这些暗号，有人来买菜也不用出来露面。想买的人在这里买菜，也比在蔬果店里更无拘束地挑选。

每当孩子们经过，看到这些蔬菜都会被逗笑。心想：啊，原来这家人不认识字啊。但也不只是因为这个，那些黑星星应该还有其他的意思。不知为何，孩子们内心总觉得星星传递着蔬菜的心跳声。他们想着：如果五钱的东西被当作五厘或五十钱被拿走了怎么办呢？但这种担心是多余的。城里的主妇和老奶奶们很清楚各个时期的市场行情，绝不会弄错这暗号的定位。另外，这也不仅仅意味着卖者可能是文盲，还意味着仍有很多

---

[1] 间苗菜：间苗指为了使作物更好地生长，而把密生植物中一部分拔去。间苗菜，指萝卜、芜菁、小松菜等间苗时拔下来的嫩菜。

人只能通过这种暗号了解价格。

即便事实如此，这些黑色星星也让人感觉像是这些水灵灵的新鲜蔬菜们发出的某种信号。比起几钱几十钱这种露骨又俗气的标价，这种标价方式可是美得多啊。

值得庆幸的是，这些迷人的静物在这里不会有这种遭遇，而是得到最好的对待，以蔬菜自身发出信号的美丽形式，而非以明码标价的形式进行交易。

拿走蔬菜之后，便有那个明治时代通用的朴实无华的一钱两钱铜币，或是经历了江户时代三百多年太平而留存至今的一厘钱——几枚宽永通宝[1]并列在稻席上。

1　宽永通宝：江户时代的货币之一，外圆而中有方孔，正面刻"宽永通宝"，背面刻有铸造地的五十音字头。流通于宽永十三年（1636 年）到明治中期，明治时期当作一厘使用。

蔬果店的使者

蔬果店的铺面不仅像画帖一样教给孩子们各种蔬果的特征，还揭示出季节的变化。虽然小城后街有水田和旱地，在那里也能感受到四季变化，但没那么容易。而经蔬果店老板整理后的季节感更显而易见。

事实上，漫不经心的城里人屡屡是从这家店里知道了什么季节该吃什么食物，对季节的变化感到吃惊。作物生长期间的样子往往不为人所知，这家店铺会在处理后，以另一种形态将它们展示出来。在这里，芜菁和萝卜被削得赤裸裸，第一次展现出自己丰美的身姿。在留着残雪的土地角落里蜷缩成一团的新菊与葱，此时也恢复了生机。

雪花飞舞的廊檐下挂着的鸭与兔在这里第一次以食物的形态出现。柿饼也一样。虽然在小阳春的日子里密密悬吊在农家仓库雪白的墙壁上十分美丽，在这儿却是另一番风景。

此外，长在树上的时候或许不为人知的木瓜果实，在这里第一次以挂在高枝上的高贵姿态出现，竭尽全力散发出香甜的气息。小橘子、土柑也一样。虽然果实像灯泡般点亮在叶片绀青的阴影中也很好，但每颗橘子上只带一片叶子摆放在店头，就变成了好吃的水果。可爱的慈姑、奇特的银杏芋、让人感叹"这也能吃"的山药蛋。孩子们每每经过这里，都能见识到许多以前不认识的东西。

这里还有芥菜、生菜的上市预告春的到来，水稻未抽穗时已有红芋出现，预示着即将到来的清爽之夏。明明还是油蝉鸣唱的残暑时节，市面上却出现了带着白霜的青色甜柿，也就在这前后时段，油亮闪光的新栗也上市了。而深山中，此时秋意已浓。

这些抢在季节前面露面的时鲜，虽然都还不是它们本该有的味道，却也和冬日里出现夏季蔬果那样不讲究季节，可能产生危害的催熟物不同，无论哪种都是即将到来的季节发出的诚实信号。

煤油灯·幻灯

　　那时候的煤油灯，还有好些有着漂亮的造型。种类繁多，甚至连钓鱼灯和照明灯也形态各异。

　　放入石油的玻璃壶，联结玻璃灯罩的金属扣，凸形的金属丝，平坦的灯盖。连这种最简单最便宜的钓鱼灯，也有着均匀恰当的比例。

　　使用这类煤油灯的家庭或房屋，只凭油灯本身也能点亮一丝凄清。然而不只是凄清，这凄清之中，还有某种无法言喻的东西也被一同点亮了。

　　豪华的煤油灯中，大都有着镀镍的大油壶、绘有花纹的金属扣、镶着切角四边形毛玻璃的大灯盖，等等。这类物品放在有着壁龛、博古架、格子窗和纸拉门的日本，多少照出了异国风情的光晕。

　　诸如此类，还有在竹节外包一层圆形玻璃灯罩的照明灯，这是由人们十分熟悉的灯笼发展而来，因而备受喜爱。

最可爱的是小油灯。每一个都像玩具一样好看。它们取代了朴素的马灯那毫无遮挡的火光，在庭院的昏暗中、浴场的雾气中，啪地绽开一朵朵温柔的圆形小花。

打扫油灯是孩子们的任务。到了黄昏，每家每户的孩子都被吆喝着去打扫灯罩。在木棒或竹块一头缠上布或纸，一边吹气，一边擦拭玻璃灯罩。

孩子们用来学习的桌子上放置的小照明灯里也有很好看的。那是经过周全的考虑后设计而成，不会翻倒的安全形状。通过调节灯芯的上下还能控制光的强弱，十分方便。飘荡在桌子周围的淡淡油烟味让人感到心安。与电灯不同，油灯虽然让孩子们多了些麻烦，却也因此让人对它呵护有加。

那时候的孩子们第一次见到电灯时，曾经问，石油要从哪里放进去呢；如今只见过电灯的孩子们第一次见到油灯时也会问，绝缘电线接在哪儿呢？因此，不要只顾着笑话过去的孩子，大家都以不同的形式做出了类似的反应。

那时的孩子们经常玩幻灯[1]会。装置虽然只是一块刷了珐琅的脆铁皮，但它与油灯上的出烟孔和从正面伸出的镜片筒保持着恰当的比例，让"幻灯机"形成一种安全的形状。

三四人聚在一起的时候，就围坐在被炉里，将影像投影在推拉纸门上。画片夹在两块2.4寸左右的玻璃板内，边缘贴着焦茶色的纸。画儿都是带颜色的照片，嵌在木框里不停更换。从昏暗房间里朦胧浮现出的幻灯画，将孩子们带到了另一个

1　幻灯：用透镜将相机胶片、图版、实物等映像放大投影在幕布上供人观看的装置。

世界。

照片以三都的名胜为中心，主要呈现了全国各地的风物，因此每当小镇上的文具店进了新货，孩子们都争着跑去买照片囤起来。

每当呜呜的汽笛声响起，孩子们便会一窝蜂涌到海港的丁坝上。他们一直等待的是一艘三四百吨位的大阪商船。这船每月来一两次，孩子们之所以对它充满期待，除了大船本身的魅力，还因为它是将京阪地区的新物资运来这座城镇的唯一一艘宝船。每次船来后，城中的店铺便会摆上新商品。在那呜呜的汽笛和幻灯之间，产生了一种对孩子们而言无法割断的情感。

照片的风景中有几张是成套的：位于大都市正中而让人感到奇特的不忍池[1]畔红色的弁天堂，从镰仓[2]到江之岛[3]之间如同连环画般的图像，兴津[4]的清见寺[5]、田子浦[6]、日本三景[7]，猿

---

1 不忍池：位于东京都台东区上野公园内西南部的池塘。修建宽永寺时，仿照琵琶湖在池中央修了弁天岛。

2 镰仓：神奈川县东南部的市，临相模湾，镰仓时代是日本政治、军事中心。有镰仓五山、鹤冈八幡宫、长谷大佛、圆觉寺等许多历史古迹和文化遗产。

3 江之岛：位于神奈川县藤泽市片濑海岸片濑河口洋面的小岛。

4 兴津：静冈县清水市的地名，濒临骏河湾的东海道旧驿站街。

5 清见寺：临济宗妙心寺派之寺，建于天武天皇时期。

6 田子浦：静冈县骏河湾富士川河口附近的海滨，自古以来是眺望富士山的胜地，作为和歌的歌枕闻名。

7 日本三景：指日本的三处风景名胜，松岛、天桥立、严岛。

桥[1]与寝觉之床[2]。泥画或玻璃画的后续接连浮现在明治时代的色彩与气息中，孩子们一动不动地注视着这些纹丝不动的风景，心旌却兀自摇曳起来。那画虽然不动，却也未必是孩子们的不幸，这么说是因为，正是由于画的静止，才让人的心更容易被触动，将同样的画反反复复看了许多遍之后，不知不觉间，自己便也能清晰置身于那画中了。

那横跨在美丽小河之上的日本古桥是座多么迷人的桥啊。桥对岸的大松树队列又将这桥衬托得多美啊。从松树队列方向延伸出去，能看到几家人的房屋，那河流、小桥、松树，又将这些房屋装点得多漂亮啊。此外，这河流、小桥、松树与人家的组合又胜于名列日本第一景色的富士山。——站在这东海道吉原富士的幻灯片前，孩子们无一不成了柿本人麻吕[3]、成了山部赤人[4]。

无论看几次都嫌不够的还有岩国的锦带桥[5]、安芸的严岛[6]等等。为什么如此美丽的事物都坐落在自己不知道的地方呢，孩子们一面叹气，一面猜测未来是否有机会去到那里，心里不

---

1 猿桥：日本三大奇桥之一，位于山梨县大月市，是一座架在桂川之上的木桥。没有桥桩，从两岸悬崖上重叠伸出几段斗拱结构的横木承托桥面。

2 寝觉之床：位于长野县西南部上松町木曾川的峡谷，为花岗岩柱状节理峭立两岸的风景胜地。

3 柿本人麻吕：万叶时代的著名歌人。

4 山部赤人：奈良前朝官员、歌人，三十六歌仙之一。

5 锦带桥：日本三大奇桥之一，位于山口县岩国市，架设于锦川之上，是世界上最大的木结构拱形桥。

6 严岛：日本三景之一，位于广岛县佐伯郡宫岛町，广岛湾西南部的岛屿，北端有严岛神社。

无遗憾。

画片中的锦带桥上有几个人，他们过桥的时候想着些什么呢？严岛的水上回廊中也有人影，那些人眺望四周美丽的风景时又在思考些什么呢？一想到这些地方正等着自己的光临，孩子们便不由得欢欣鼓舞起来。

后来，等他们长大成人，真正来到画里的场景时，看到的并不只是眼前的风景，而是在实际景物之上叠加了另一层画面。即便不幸的是，他们可能会因此感到失望，但也因此，年幼时看过的幻灯里的风景，会变得更加动人。

咕噜咕噜茶

在出云，咕噜咕噜茶是冬天的饮茶法。正值秋高气爽、稻谷收割的日子，大仙山的山顶已戴上银白色的雪王冠，这情景在人们心底雕刻出冬天的形状。中海地区逐渐变为阴天，太阳下方像铅块一样沉默，坐落在稻穗对面的中国地区境内，群山已黯然地垂下头。

天空中堆积着忧伤而厚重的云朵，云层之下，马蓼、戟叶蓼用浅红色的花朵装点着晚秋最后的容颜。田地和山丘处的房屋随着风向围上了各自的稻草围裙。很快，人们被昏暗的天光驱逐回家。被炉像一个家庭的心脏般，在用旧衣服和棉麻手工改织的被子下散发出暖意，随着脉搏跳动，像花田似的将人唤近，如酒般使人陶醉其中。雪花开始纷纷扬扬下起来的时候，等待已久的咕噜咕噜茶终于要开始泡了。

在产自皿山的茶壶里，烹煮的番茶散发出强烈的气味，被炉小桌上放着煮熟的豆子、牛蒡丝、食用味噌、什锦腌菜等各

163

色调味品，令大家食欲大增。

主妇们将放入茶花后冲出的第一道煎茶倒一些进茶碗，在竹刷大小的茶筅前端先沾一点盐，再用它在茶碗内壁咕噜咕噜地点茶，冲起浮沫。主妇们聊得兴致勃勃，膝上的茶碗也咕噜咕噜地附和着。很快，圆形的茶碗中，罂粟颗粒大小的绵密泡沫浮上碗面。最后将少量米饭和一点点调味品用贝壳勺依次放入其中。"来喝吧。"主妇说着将碗递出。"你先来呀。""没关系，你先喝吧。"就这样，茶碗在大家手中转来转去，最后传给了年龄最大的人。因为形状是圆的，茶碗像温度适宜的热石头，贴在掌心的皮肤里。

咕噜咕噜地将茶碗旋转两三圈后，吞上一口，米粒和小菜完美融合后被泡沫包裹着落向舌头。香气如初冬阵雨般时强时弱地冲向鼻腔，固体物像风一样通过喉头，棉花似的滑向胃袋。

如果在场的只有女性，便从腌菜或味噌的话题聊起；如果还掺杂了男性，便更是毫无禁忌地聊起各种家长里短的事。

那时候的出云还很有出云的特色。不久之后，火车全面开通，这些风俗事物便也如同晚秋的银杏抖落的那一身短暂停驻的叶片般，如今只剩下茶碗。

私以为，咕噜咕噜茶的来源是江户时期藩主对茶道的兴趣下移至百姓商人之间。但究竟是什么时候，由谁传递下来的呢，我和所有人一样不知其由来。

后 记

此前我以为咕噜咕噜茶是山阴地方[1]独有的饮茶习惯，实际是错的。听说北陆道[2]以"桶茶"之名进行着类似的饮茶法，出云的某地也称之为"桶茶"，其实是在小桶里点好茶后分装在茶碗里喝。然而让人感到意外的是，琉球也有同样的饮法，叫"咕咚咕咚茶"，那霸的市场上有现做现卖的摊贩。尚家[3]留存的这只古代木碗直径七寸，铁钵形状的内壁让人心生欢喜，茶筅也是恰如其分的大而精美。咕噜咕噜的名字来自点茶时的声音，而咕咚咕咚或许是用来形容泡沫。然而在南九州，"桶"被称为"呼噜"[4]，近畿地区则有"纸呼噜[5]""呼噜笼"等与桶相关联的词语，想到这些，或许可以推测"咕噜咕噜""咕咚咕咚"并不只是形容词。

此外，原先我以为将抹茶的爱好遍及至庶民的是咕噜咕噜茶，事实上也不全对。因为奈良地区还有茶粥这种东西行使着类似的使命。但茶粥更像是纯粹的饮食，而咕噜咕噜茶却很讲礼仪，且不失为一种娱乐，由此看来，它与茶道或许不无渊

1　山阴地方：日本"中国地方"的区域中，位于中国山地以北的地域。一般指鸟取、岛根二县和山口县北部这一整块地区。

2　北陆道：日本中部地区位于日本海岸的地域。

3　尚家：琉球王国最后的王朝姓氏，为区别于第一尚家，多被称为第二尚家。1872年，明治政府实行废藩置县后，琉球的王族后裔成为当时的华族。

4　原文中"咕噜咕噜"写作"ぼてぼて"，为拟声词，无实意，翻译时取与点茶时声音相近的"咕噜咕噜"。此处提到方言中称"桶"为"ぼて"，与"ぼて"发音仅有清浊之分，为了贴合上文，译为呼噜。

5　纸呼噜：原文为"張りぼて"，是在笊篱或编织筐外糊纸涂色后做成的道具。

165

源吧。

咕噜咕噜茶如果不在煎煮的茶壶里加入茶花，便无法固定打出的泡沫。咕咚咕咚茶则是采用中国地方南部的清明茶，此茶中因有茉莉花而能冲出很好的泡沫，就像麦酒的啤酒花一样，不仅别有风味，花中的胶状物还起到了固定泡沫的作用。我还尝试了牡丹、杜鹃、紫藤等，这些花也拥有同样的功效。看来大部分花中都含有大量的胶状物。

涂 膝

进入十二月以后，便迎来了"涂膝"的日子。这是为了祈祷孩子们不要跌倒受伤，而给步行的守护者膝盖童子献上牡丹饼的日子。

手、足、鼻、耳，这些显眼的部位，老早就从身体分离，受到成年人般的对待，而膝盖童子这样毫不起眼，无法判断它在或不在的守护者，谁也不会想到要去慰劳它。父母们会在这一天呼唤藏在孩子们肢体要害处的这位膝盖童子，感谢他一年以来的保护，过去是否如"涂膝"的字面意思那样是把牡丹饼涂在膝上，无法考证，只是不知从何时起，膝盖换成了嘴巴。如今只是祈祷着孩子来年也不要摔倒，摸摸他们的头，让他们吃下牡丹饼而已。

冬日的小镇

　　醒来的时候已是满眼雪白。雪积了差不多一尺厚，道路和屋顶都戴上了雪做的王冠，而小镇此刻刚睁开眼睛。从一片云也没有的东方晴空射来的晨光正在催促人们醒来。房檐下垂挂着一溜儿冰柱，推开冰柱后的密格吊窗，人们在耀眼的日光中打着招呼。

　　"呀，居然堆了这么厚。"

　　"昨晚下得很大呢。"

　　孩子们争先恐后地拿起自己的小雪铲跑出门外，在大人们挥动大雪铲的时候，在一旁挥舞着手里的小雪铲。崭新的雪铲散发出浓郁的松木气味，为了试用它，孩子们已经等了很久了。

　　铲着铲着，白茫茫中出现了一条细长的路，人们缩紧距离来来往往地走过。在刺眼的雪光中，这条小道将当时的风俗列成一排展示着。乡下的女人们背着装野菜的背筐来了。这种将

168

树枝弯折后用细绳编成研钵形状的结实大筐，将穿得鼓鼓囊囊的女人们衬托得更加魁梧了。她们从筐子里取出葱、芹菜、新菊等，摆在门口的雪地上。

卖魁蛤的老爷爷也来了。他背着大草袋，腿系稻草做的绑腿，脚穿带脚尖护罩的草鞋，手上戴着手甲，长满胡子的脸上包着防寒头巾，从草袋子中拿出自制的一升量斗，将魁蛤哗啦哗啦倒成小堆，再装进笊篱中。卖鱼的身穿坎肩，脚踏木屐，肩上用扁担挑着鱼箱经过。箱子里装着银鱼、小鲽鱼、白鰕虎鱼、小章鱼等。他一边吆喝着"要来点儿银鱼吗，现抓的新鲜大银鱼哟！"，一边到每家每户门前推销。"fu"，是将冰鱼发音"hiuo"中的"hi"按家乡话发成了"fu"[1]，指的是银鱼。刚捕获的银鱼就像冰片一样晶莹剔透。

穿着藏青色棉布短外套的商号店主，身穿用兔子毛皮和鼻子皮制成的雪日木屐，在街道拐弯处的石头上"梆梆"地敲落附着在屐齿里的雪，慢悠悠地走远了。

从乡下到城里来买东西的人们，无论男女都穿着粗条纹的斗篷式雨衣和草鞋。经过的女人们大都头戴深蓝或紫色的御寒头巾，孩子们则戴着条纹的三角防寒帽。

渐渐地，耀眼的天空在接近正午时变得阴郁，雪又下起来了。也只有在这样的日子里，大雪才像刀片一样漫天横飞。在无风的浅墨色空中静静狂舞的雪花，为城市的道路围上碎花纹

---

1 原文中，小贩叫卖用的是出云方言，将"ひうお"念成"ふはどけ"，指的是日本银鱼（白鱼）。

的幕布，来来往往的人们像影子般穿行其中。孩子们打开家中的格子吊窗唱起歌谣。"天上旋涡在转，地上大雪在下，牡丹、芍药、百合花。"

这样的日子里，太阳下山前，总有一个眼眶溃烂发红的壮汉，头戴毛巾、肩挑装牛肉的担子，从小城北面的山谷而来。夜幕很快降临了，透过城里各家亮起灯光的纸门窗，在不断降落堆积的大雪中，四面八方飘出了一阵阵牛肉火锅的香气。

第四章　工作与思考

陶器的创作之心

器物得以成形的缘由大致有三种。

一是源于信心。

二是源于生活需要。

三是源于美。

第一种是通过器物得到信心时采取的做法。

第二种原本始于私用，仅将剩余精力付诸他用；最终结果却变成以将所有工作成果换为别的财物为重心。

第三种是感铭于美并以此为目标完成的工作。

最初的陶器是祭祀用具。制作它们表面是为了获取信心，但这些旨在用于仪式的陶器只是工匠们的任务，其中大概并不存在绘画或雕刻中的艺术精神。

陶器开始拥有高贵之美，是从制作者开始直面生活状况进行工作，并旨在以此换取别的财物时显现出来的。

活动于指头上的陶土会呈现出创作者的心境。这时候可能出现两种情况。

一种是器物之形呈现出意料之外的美。

另一种是抱着呈现美的愿望做出的造型。

第一种代表无名陶器（即大路货）的创作之心，另一种是有名陶器（即工艺品）的创作动机。

每个地方都有与其产物相适应的人类生活。这里后山有土，长着能烧柴的树木。山体坡面有窑，家门前流淌着小河。在工作场的土墙上打洞贴纸，跟前放着拉坯台。后面是竹制的架子，做好的陶器并列摆放在木板上。湿润的泥地房一角是踩土场，人们就在这里每人每天拉出数百个陶器素坯，描数百个图案，上数百次釉。白天休息的时候就捉住家犬拔毛做笔，把竹片削成泥瓦刀的形状。女人们给陶瓶加上瓶口，孩子们则把陶器底座的釉刮掉。家家都经常是半农半陶。

就像耕作之后等待收获五谷那样，当地人制陶也是这般心态。每天如果不做出数百件陶器就无法糊口。这种苦涩的原因将乐趣（艺术构思）杀死，也将制作者推上了无心之座。

无意识地画出鸟，画出草，又在想着牛的时候画出了马。蝴蝶不知不觉变成云，云变成线，线又化作点。这些的例子不时能够见到。重复的可贵让人忘记了本源，于是生命以新的姿态发芽成长。

窑内大火一度抹掉了人为痕迹，让事物恢复原本的面貌，却像是在高处眺望小镇成排的房屋那样隔着一层薄雾。

以陶土塑形，又在这土里加灰制成釉药。只要去挖，陶土到处都有。木材和稻草灰也很容易取得。

红色的土能让素陶变成黑色、红褐色、米黄色或浅绿色。做的多是研钵、水瓮一类。如古备前烧、古丹波烧、井户烧、伊罗保烧[1]。建窑[2]是在红土的基础上在土里掺入灰制成釉药烧出天目盏[3]的吧。油滴天目和窑变天目也是在大量生产中出现的火的产物。龙泉的土与釉大概只能烧出青瓷吧。说是抬头按天空色调制而成不过是后人的臆测。

出产白土的地方多在红土外施加白釉，制作出素底、镶嵌白色或雕刻图案的陶器。此外，在出产含铁量大的陶土或石头之地，陶器上多描绘糖黑色的纹饰。做的多是单嘴瓶、茶壶一类。如现川烧[4]、绘唐津烧[5]、越中濑户烧、朝鲜的化妆陶（刷毛目[6]）、镶嵌陶[7]（三岛[8]）、中国的磁州窑[9]（绘高丽[10]）等。有人说是由于浸入白釉之后根据土的不同可能出现破裂，才有

1　伊罗保烧：朝鲜李朝时期陶瓷的一种。

2　建窑：建窑是宋代名窑之一。亦称"建安窑""乌泥窑"。窑址在福建建阳县水吉镇。

3　天目盏：抹茶茶碗的一种。

4　现川烧：江户时期在长崎市现川町鬼木开辟的陶窑。

5　绘唐津烧：唐津烧的一种，用铁砂描绘图案的陶器。

6　刷毛目：始于朝鲜陶器的一种装饰法。用刷子蘸取白色化妆土在素陶上涂抹，再上一层透明釉后烧成陶瓷器。

7　镶嵌陶：镶嵌，是指在器体半干时用压印或雕刻的方式做出凹状纹样，接着把其他颜色的陶土用水稀释成泥浆，再用毛刷蘸取填涂在凹槽处，等稍微干燥后刮掉多余的有色土。镶嵌陶即是用此法做出的陶器。

8　三岛：李朝时代前期，朝鲜半岛烧制的一种陶器。吸收了高丽时代镶嵌青瓷的技艺，在日本一般被称为三岛或刷毛目。

9　磁州窑：位于中国河北省磁县的著名窑场，此处指该地生产的瓷器。始于唐末，盛于宋元两代。

10　绘高丽：朝鲜、中国产的土器。在白釉之上用黑色或褐色的铁釉画出简单的图案。

了用毛刷涂抹的方法。真是令人吃惊的处理方式啊。如今的磁州陶器虽然已经走样，但仍残留着宋代的脉搏。据说那里有被遥远上空的气流搬运而来，沉积过后的陶土层，内部还挖出了煤炭。从天到地，从地到火，人类就像联结之神，他们制作的陶器就是上天赐予的奇妙之子。养育它的消费者既是母亲般的存在，又是乞丐和苦力。产出白土的地方能生产白色或黄色的器物，多制作石臼、红钵一类。如古濑户烧、伊贺烧、信乐烧、朝鲜的金海茶碗[1]、御本烧[2]、中国的定窑[3]。

出产瓷土和长石的地方能制作瓷器。多是茶碗、盘子一类。例如伊万里烧、濑户烧、九谷烧、会津烧、明代和李朝的青花瓷器（印染）。

没有一种物品不是受惠于所在地的陶土。盛产薄而修长的陶器之地一定有黏性很强的材料。盛产大家伙的地方一定有耐火性好的土壤。如果没有这种土就不可能建成大窑。埃及、波斯盛产多彩陶器也是因为当地土壤含有天然纯碱，而木柴短缺的缘故吧。

每个窑使用的釉药不会超过两三种，不可能再多了。长期使用有限的物品，做出的东西才能达到纯熟的地步。

制作者应该知道身边的土或灰能彼此合作，而且是出人意料的亲密合作。正是有了这样的素材，工作才能顺利完成。正确的物品在其出产地很容易就能制作，而若换成别的地方，想

1　金海茶碗：一种朝鲜釜山附近的金海郡盛产的茶碗，瓷身质地坚硬，碗壁有梳纹。

2　御本烧：江户时代由日本提供样品，在朝鲜烧制的陶瓷器。

3　定窑：中国北宋的陶瓷窑，出产名为"白定"的优质白瓷。1941 年，小山富士夫在河北省曲阳县涧瓷村与燕山村发现该窑址。

做成就非常困难了。

对那些位于生活同一平面上的产物，人们常常忽略它的美。对待同一时代生产的必需品，人们也总是采取大方无谓的态度。无名的产物因为被用作日用杂器而十分多产。它们不含有艺术构思，也并不作为装饰品陈列在外。隐藏之物在被发现之前不可能被了解。与此相对，站在当下回顾往昔，或是一个外地人——尤其是遥远的异国人——见到别地产物，则容易从外观误判它的创作初衷。

当地点不同或时空相异，器物便会被另眼相看。青瓷在香台上只是一种量产的杂器。很多地区都有一种被称为"一舛壶"或"二舛壶"的器物。不适合用来称量米或水，但常用来计量谷物，因此而得名。因为只是提供给邻里的生活器具，制作者也就不那么讲究。做出的器具与使用者的家庭格调相当，因此并没有不足之处。它们诞生于毛坯房，接着又来到圆木搭建的房屋，因而也没有让人感觉不协调。即使同一批器物的尺寸不同、烧成后的状态不一样，购买者也不会挑三拣四。因为技术只能达到这样的水平，除此之外也没有别的东西可代替。物品被随心所欲地制作，以最终成型的样子被使用。它们是必需品和消耗品，并非宝物或日用家具。用价值千金的碗钵吃饭，在价值万金的壶里撒盐储酒。这种状态并不只属于往昔的生活，仔细观察，会发现现今也四处可见。在无意识之中诞生的美丽器物，又在无知无觉中被使用，除此之外，便没有制作和使用的净土了。一旦它们的美被发觉，便会获得令人烦恼的"美术"之名。器物大都是在这种时候丧失了原本的使命，也失去了原有的自由。但与此同时也启动了一件重要的事，一个丰饶的世界随之敞开大门。在它们的产地，人们并不知道自己的生活是一幅优美的景色。制作者和使用者不可能了解什么是美，也正因如此，做出的东西有美也有丑。如果要指责这点，就等同于表扬耕地的农夫将作物布置得恰到好处。对他们而言，这些都无所谓。

有识之士只不过发掘了古伊贺烧的形态之美，却对制作者的内心一无所知。所谓的美，难道不是隐藏在物品背后那些血和汗水的化身吗？若是只看结果而不追溯源头，则会耽溺于美。正因为是有识之士，才更应受到责备。

如同绘画和雕刻之美被发觉后，作品便开始凸显个人特质一样，陶器之中也渐渐出现了这种倾向。但这条道路上出现此种倾向往往意味着危险。因为一旦将美置入念头，作品便难以出乎立意之外。虽然有创作的灵性，作品却缺乏生活的根基。只做出外形便急着将土与火相融，结果只会事与愿违。美意识正在苏醒的陶器便是一例。个人的工作虽然厉害，却也卑微。如果说已经觉醒的陶器是被擦拭过的纪念碑，那么尚未觉醒的便是野外小路上的三界万灵塔。遇到它时，我便停下脚步双手合十。

陶土眼下第一次被赋予实体，与火相遇变得坚固。追求美是没有意义的。倒不如选择正确的素材、自然的工作过程和良好的组织吧。

《杂器之美》昭和二年六月

机械是新的肉体

　　我出生之家的信仰是禅宗的曹洞宗[1]。这是一个通常不对人说教的宗教，因此，我得以在与宗教教理毫无交涉的情况下成长起来。但道元的《修证义》[2]还是读过的，这让当时还是孩子的我心里多少明白了些道理。

　　中学二年级的时候，叔父建议我："你去做陶器怎么样。"叔父于明治二十一年毕业于东京大学，是妇产科的医生。

　　他说，去读东京藏前[3]的高等工业学校，在那儿学习陶器的知识就行。毕业以后可以进入公司，也可以自己一个人干。于是，我一生的职业就在那时立即决定下来了。

1　曹洞宗：禅宗的一派，由唐朝的洞山良价及其弟子曹山本寂所创立。镰仓时期由入宋学习的道元传入日本，总寺院为永平寺和总持寺。该宗派提倡修正不二和只管打坐。

2　《修证义》：《曹洞教会修证义》的简称，日本曹洞宗的基本宗典之一，1890年编成；是从道元的《正法眼藏》中选取文章而编纂的。

3　藏前：位于东京都台东区南部，隅田川沿岸，是玩具、杂货等批发商店集中的商业区。因江户时代设有幕府的米仓（米藏）而得名。

要说为什么听了叔父的话就立刻决定了，是因为我自小就对陶器有浓厚的兴趣。

　　我家附近有个小窑场，那是为了给镇上的人提供厨房用具而修建的。我常常到那儿看别人工作，因此很小的时候就了解制作陶器相关的事情了。

　　我生长在岛根县一个叫安来的地方，那里受松平不昧[1]公的影响，自古就推崇饮茶。说是茶，但也并非仪式性的茶道，而是家庭饮茶。整个镇上的人们聚集在一起进行。而在饮茶使用的器具中，茶碗最引人注目。大人们聊天时也经常谈到饮茶，我从小就听父母聊起与茶碗有关的这啊那的，也因此很早就对其产生了兴趣。就这样，陶器也从我幼时起便成了一种亲近的存在。

　　我儿童时期的道德意识是在儒教和《教育敕语》[2]的影响下形成的。尤其是《教育敕语》给我的印象之深，到了至今几乎仍能背诵的程度。它也成了我如今思想的根本。可以说，它对我的影响比《修证义》之类更为深远，当时也从未想过要批判它。在我十五六岁的脑海中被灌输了那般条理分明的道理之后，便已没有了批判的能力，也因此完全信奉了《教育敕语》。

1　松平不昧：日本江户后期大名，松江藩主。他致力于重建藩内财政，并学习石州流派的茶道，创立不昧流。同时也是著名的茶具收藏家。

2　《教育敕语》：日本政府于1890年以明治天皇的名义发布的教育基本方针。提出了以儒教道德和忠君爱国为中心的国民道德大纲，通过学校教育贯彻进国民思想之中，成为天皇制的精神与道德支柱。于1948年被废除。

更年幼的时候，我也曾想过像前文中提到的叔父那样成为一个医生。然而叔父告诉我，医生的工作并没有什么神秘之处，与陶器有关的工作却是一个无限的世界。

不过，进入大公司制作陶器非我所愿，因此我打算从事一个人也能完成的烧陶作业。虽是这样考虑的，但进入高等工业学校以后，却对必须学习基础科学、应用化学、工厂经营法等学科而感到失望，因此常常翘课到曲艺场看节目或是去划船，最终以很差的成绩毕了业。

然而在此期间，想要做出喜欢的陶器这份意愿却日益变得强烈起来。对学生时期的我而言，除了与美有关的，不想接触其他任何事物。即使在物理实验室中看到烟雾变成紫色时会被这美丽的现象所吸引，却还是未能抓住科学的本质。

学生时代我很讨厌的学科，在那之后待我开始制作陶器时却成了最有用的知识。总体说来，在如今的美术教育中，如果不将科学作为基础训练便会导致缺陷，若是我在高等工业学校就读时没有学习科学，大概也会成为一个一无是处的家伙吧。

学生时代，我也曾经从学校仓库里带出一些粘土，或是从乐烧屋讨要一些粘土来摆弄。我在东京寄宿的那间四叠半房屋里也有相当多的陶器。当时我和同年级的学生努力的方向完全不同，其他人都想成为大公司的技术人员，而我就像个怪人一样被大家排斥在外。

而在那时出现在我面前的，就是伯纳德·里奇和富本宪吉[1]。他们俩是在日本陶器界掀起文艺复兴的人，通过他们的努力，那些近在我们身边的美丽形态在日本的陶器世界里苏醒过来。

我去参加里奇的作品展时，被其中蕴含的新鲜感所击中。不久以后，柳宗悦出现在大众眼前，用李朝陶器的价值唤起人们的注意。在那之前，日本的陶器都是日光阳明门[2]风格那样装饰味浓厚的东西，而里奇、柳和富本从过去的日用器具中发现了一种更简洁朴素、更接近生活本质的精神，并在作品中重新将其灵活运用。将一种清贫却健康的状态展现给年轻一代。

那之后三十年，在我全心全意地从事制陶的过程中，也在工作中碰到各种障碍，不同时期对不同的疑问进行了各种各样的思考。

仅靠理智做出来的东西没有意义——现在我是这样认为的。因为仅靠理智做出的东西是可以充分理解的，而这并不好。我渐渐意识到，在我们的身体里还隐藏着我们并未发觉的自我，不将它表现出来是不行的。

1　富本宪吉：陶艺家，生于奈良县。从东京美术学校毕业后赴英国留学，回国后与伯纳德·里奇一起研究陶艺，着手烧制白瓷、青花、红彩等，作品风格新颖，富有装饰性。
2　阳明门：日光东照宫的中门之一，三间一户的楼门，以豪华的装饰而闻名。建筑为歇山式屋顶，四周有元宝式房檐，施有雕刻、彩绘和金属装饰。

毫无疑问，我这一生的生活，是追求美的一生，但在我的思想中也有过一件可谓转机的事情。那就是产生了"世界有两个"这种想法。追求美的世界，和美追求的世界。美术的世界，和工业的世界。

　　那时候正值世界大战的白热化阶段，也是日本工业膨胀、经济运转良好的时期。大正五到六年的时候，我曾举办过礼赞工业产品中的无名陶器的演讲，也是在那时，我意识到"有名无法战胜无名"。

　　这种想法是在我开始自己制作陶器后立刻产生的。也是和柳宗悦提出同样观点几乎同时出现在我意识里的自觉。

　　在此之前，在我更年轻些的时候，曾经把机械当作敌人，认为它们没有个性，只能做出粗制滥造的丑东西。而新的想法是在大正初期时出现的。

　　不过，从大正初期以来的自觉发展为更加彻底、清晰的观点，即机械等同于手，这个想法是在这五年左右成形的。在这次世界大战也即将接近尾声的时候，我开始有了这样的念头。

　　在我们日本人的观念中，神与佛是同样的存在。在我成长的家庭中也是一样。当正月到来时，家中会挂起注连绳[1]，盂兰盆节之时也会进行大扫除，用花草装饰房屋。在纯真的孩子们心中，家里的祖先是从西方净土回来的，而在盂兰盆节之后

1　注连绳：举行神事活动时用于划定神域或新年时挂在门口辟邪的稻草绳。

将他们送回海上时，会产生一种真实的离别感。虽然没有任何教义和道理说明这种情绪，幼时的经历却让我们不知不觉被嵌入神佛之徒的铸型中，盖上了它们的烙印。因此我们生来就既是神的子弟，也是佛的子弟。

神与佛，对我而言都是同一根绳索。从信仰上说，我一直处于这样一个统一的世界里，因此没有丝毫矛盾的感觉，在寺庙跟前行完礼也能紧接着去参拜众神。

像这样融入生活之中的神与佛，让我避免了经历思考"神明真的存在吗""佛祖真的存在吗"的阶段，它们和"上帝"的概念也有很大的不同。因此，我平时尽量不使用"神"或"佛"一类的词汇。对我而言，与其说它们是信仰，不如说那是一种宗教性的情绪。

小时候，我总觉得家里既有神明也有佛祖。这种感情直到今日也依然存在。长大后，无论《圣经》还是佛典，我都是怀着这种宗教性的情绪诵读的。《圣经》的教导也罢，佛典的指点也罢，若要将它们与幼年时期的宗教性情感区分开来，对我而言是不可能的。

对于"灵魂不灭"这一说法，我没有实际感受过，就这样带着疑问活到了今日。然而生命这种存在，我认为它既没有起点也没有终点。对此我有过切实体会。佛祖所说的"超脱于老病死苦"，我个人的感悟是，它意味着生命这种存在没有起点也没有终点。生命本身是不会病、不会死、不会老，永远喜乐的存在。然而在我们的意识层面，这种生命的自觉总是被阴云笼罩着。

这种对无限生命的自觉，于我而言还仅仅是一种观念，对此我仍然心存疑问。如今，我决心将自己作为试验台，就此事进行进一步思考。

这里有三个壶。其中，一个是区分后制作的，一个是最大限度不做区分而制成的，另一个虽然有区分，但制作时没有区别。将它们进行比较，那个尽力不做区分而制成的壶最耐看。从区别中诞生的物品非常好懂，也失去了趣味。

虽然不知道是否会被人喜爱，但把自己喜欢的东西试着自己做出来，就是我的工作。我相信，在这种时刻表现出的极限的自我意识，同时也属于他人。只有达到最大限度的自我，才能同时到达最大限度的他人。不存在自他的世界，才是真正的工作的世界。

然而无论多么努力地想要表现，真正的极限的自我仍然还在彼岸。因此我每天都期待着，这次会出现怎样的自我呢？我认为这是生命的原动力。无论是谁都一样吧。

沉迷其中是很重要的。只要工作和自己站在对立双方，就一定会失败。只要切换到"工作是从事着工作的工作"这种状态就行。尽力让自己处于这种状态。因此我并非仅靠意识来工作，这一点是工作的救赎。

请看这里的这个茶磨。我不知道它是谁做的，但这其中寄托着制作者的生命。像这样，各种各样的人将自己的痕迹残留下来，参与建设了这个宇宙的所有人的生命都会永远留存下来。

宇宙活动的法则自身是不灭的。这个法则自身想必是没有意识的。我并不是要故意在这个法则的基础上否定伟大意识之类的存在。但我相信这宇宙的法则。

物体的形状，一切的出发点即是终点。请看△的形状和○的形状。

如果继续刨根问底地考虑下去，那么出发点和终点都不存在。这就是物体的形状。

一切事物都是无。一切事物虽然存在，但同时也不存在。自我是其中最空无的东西，而我们就是紧紧依附于这全然为空的自我生存着。

抓住无我的无我。

因为人类自身是空无的，所以也能将自己做成任何样子。虽然每个人都被赋予了无限可能，却并不利用这一点。每个人，即是由这不去利用无限可能的怠慢的程度，而被区分开来。

不懂得不幸的幸福。不懂得幸福的不幸。世界不就是这样吗。这类现象存在于我们周围。前者从事着严苛的劳动，吃着难以下咽的事物，后者即是所谓的富裕阶层。两者都处在危险的状态中。只有进入了懂得幸福的幸福这种状态，人才能获得安详。

在这次的世界大战中，我也曾认为日本能一举得胜。既然已经发动了战争，就不得不争取胜利。如今，虽然战争责任都让军部承担了，但从参加战争这一点而言，我们也同样有罪。当时我承担了镇长一职，为战争付出过很多。

从这次的战争中，我学到很多。我们对待彼此必须人道。为此，世界必须成为一个整体。国家不存在最好。因为"国家"是一个对立的单位，这是不行的。然而国土和国家不同，各个民族都要爱护国土，忠实于这片土地及其历史。从文化的角度来说，让世界成为一个整体是很荒唐的。让朝鲜人、日本人和西洋人拥有同样的衣食住行习惯并不好。他们在生活方式和文化上的差别，同时也是调和的。

我相信，人类文明会有无限的进步。在衣食住行的改善和寿命的延长方面，也能予以充分的期待。

但对于日本文化的前路，我并不觉得乐观。眼下，日本所能呈献给整个世界的都是些寒酸的东西。在美术方面，如今更是近乎绝望。然而，若是要说日本是个无法步入世界广场的贫瘠民族，也并非如此。相信不久后，我们就能昂首阔步了。为了达成这点，我以为必须将至今为止的日本文化从否定的一面出发进行反思。例如茶道，像现在这样是非常无趣的，如果不猛烈反省一番，就无法拿进世界中去。虽然现下设有国际茶道会等机构，但这些东西只是徒增笑柄。就连歌舞伎，按如今的样子也无法推广到全世界吧。在日本，用手制作的无名作品中应该还有许多优秀的东西。像是产自民窑的杂器类、原色板技术等，很适合介绍给全世界。

日本是东洋的眼睛。可以担当全世界实践东洋文化的鉴定者这一职能。这双眼睛今后要如何与生产相联系，这会成为影响日本重要性的决定因素。

事到如今，我才终于能够批判《教育敕语》了。它在古今中外都是一个巨大错误。对战后男女们离合聚散的形式，我持反对意见。一生严守一夫一妻制才是美。

为了自己和他人都能幸福生活，必须实行社会主义。对贫穷的人不区别对待，让他们也富裕起来。

对于言论和思想，如果大部分人都有了批判能力，那就什么也不用统治和管控了。

我尊敬天皇陛下。但天皇制必须到此为止了。

即使能够重生，我果然还是想做陶器。如今我的状态非常难得。因为能做出自己想做的东西。如果现在还能重新活一次，那我希望抹掉曾经不好的言行，专注于工作，过一种单纯的生活。

我受惠于家庭，对于自己身边的事没有什么不满足的。

座右铭是，"自己是什么"。时常揪住自己诘问。这并不是利己主义性质的，而是希望通过自己进入一个没有自他的世界。

喜欢读的书是佛典。格言并未从这些书里掉落出来浮现于我心间。它们没有来处，偶尔会有我自己的语言被赋予格言的意味。

看不见的是　去看的眼睛

听不见的是　去听的耳朵

不知道的是　已知的——身体

这是想要描述身体天生具备的睿智而写的。我们的身体中还藏着很多可能性。例如，电车被制造出来以后，人们就不再被人力车吸引了。接着汽车被发明出来，人们身上便显现出不再被电车吸引的能力。如果从这些事例中推测，我们的身体究竟具备怎样的能力，至今还无法断言。

哎呀这真是

不借用谎言

就无法展现的真实

这是东洋艺术中普遍存在的特征。我曾听一位落语家说起，要表现眺望远方的姿态时，要先将右手提到左边，从左上方遮住额头。这种动作，通常我们在眺望远方时并不会做，但表演中利用这种动作，就能让表现生动起来。

在日本画中，树枝偶尔并没有依附于任何物体，而是像飘在空中一样。这实际上是一种无的状态。运用这类表现手法时，便会呈现出东洋艺术的特质。

我们在面临极端的悲伤时，偶尔会大笑不止。那并不是由于虚脱，而是因为悲伤必须这样表现。将之视为虚脱是不对的。西洋人表达情感总是很直接，而东洋人会在无意识的层面进行反省，将情绪反转后进行呈现的动作也很多。

　　石子走来

　　石子笑起来

如果有人问，这种思想与科学有什么关联呢，那就要说到，在科学家赋予人们关于世界的认知中，石头是不会笑的。然而，在创造这种世界认知的行为中，科学家偶尔也和石头一起笑起来。生命长河的真正姿态就在其中。这一点无论对科学家还是艺术家都相同。

　　机械并不存在

　　机械是新的肉体

当今的人们必须练习如何回到物品中去。仅仅靠头脑思考是不彻底的，必须认真研究物品的形态，学会如何整理物品。

此外在劳动过程中，必须自觉意识到这与美的生产密切相关。为了达成这一点，必须先让机械进一步成为我们身体所熟悉亲近的东西。必须将使用机械的整个劳动过程铭记在心，对其产生美的感觉。像这样认真钻研劳动中对美的自觉问题时，应该抛弃以往那种成品的美学，建设过程美学。民艺这种东西本来就应该是一种工业美学，而工业美学还必须包含工场美学。我认为这是目前最重要的问题之一。

> 点燃火的人就是
>
> 燃烧着的火

我的历史观，是连泥土都予以尊重。泥土中盛开着莲花。莲花虽美，赋予其美丽的却是泥土。被称为黑市商人或行商[1]的人虽然普遍遭人白眼，我却很感谢他们。战争结束后最严峻的时期，托了那些人的福，我才得以获取食物并活了下来。我们在想着莲花时，总是习惯把泥土和花区分开来。然而若是将花和泥土分离，花很快就会死。在活生生的现实世界中，正是那些脏污、丑陋的东西创造和支撑起了美丽之物。

1　行商: 第二次世界大战后，悄悄购入大米等被管制物资，背着走街串巷的叫卖者。

多好的当下啊

当下即是永远

赌上整个自己之时——除此之外，还有其他活着的时刻吗？

明明活着，却时而生时而死，时而死时而生。

《我的哲学（续）》昭和二十五年三月　中央公论社

火是心的火焰

——先从做陶经历开始问起吧。

河井：我就读的东京高等工业学校是专门培养公务员和公司职员的地方，那里没有想要自己独立烧陶的任性之人。除了比我晚两年进入陶艺界的浜田庄司，其他的正统派都成了公司职员。就连我也曾在京都府立工业试验场待了三年，那时，在京都当医生的叔父对我说："公务员做三年足够了。"我也很讨厌月结工资，便立即采纳了叔父的建议：开间工作室。

——就这样开始独立制陶了呢，那是什么时候呢？

河井：大正六年。买下了位于五条坂的清水六兵卫先生的窑场，也就是我如今的家。在那之前，自己也慢慢做了些陶器。

——最开始做了什么样的陶器呢？

河井：当时打从心底里迷恋唐宋时代的器物，对日本的东西根本不放在眼里。那时候，日本还很少见到唐宋的器物，即便有也是秘藏之物，我偶尔会去有钱人家的拍卖会一饱眼福。中国陶器相关的书籍也收集了很多。有时候还从美国购买原色版的商品目录呢。后来，中国的古陶渐渐输入日本，将唐三彩等器物拿在手里观看，真是觉得特别美好，让人感动呢。接着我又和浜田两个人出发到朝鲜、满洲旅行，在京城看了很多李朝的陶器。其中还有辰砂釉的精美器物呢。放在眼下能值几万日元的东西就那样在旧货店里堆得到处都是。我真是怀着感激的心情一边叹息一边环视店内的呢……这次经验也对后来的制陶产生了很大的作用哦。那时我刚好二十六岁。

——与柳（宗悦）先生的友谊是如何开始的呢？

河井：让我深刻意识到人和人之间的缘分是多么不可思议的，就是和柳的交往经历了。当时，二十几岁的我在东京高岛屋[1]举办了第一次展览。还卖出了好几个标价三百日元（相当于现在货币价格的一百万日元左右）的青瓷壶。细川侯和岩崎小弥太先生也买了。然而柳看了这次展览后，却在杂志《工艺》上大肆批评。我非常生气。（笑）于是不服输地在《工艺》上反击了。《工艺》杂志的总编乐见其状，便不断唆使我们继续争吵。（笑）于是我们就成了不跟对方说一句话的关系。事后

1　高岛屋：日本具有代表性的百货商店之一。大正八年（1919）年创办，前身为天保二年（1831）开设在京都的绸缎店。总部在大阪市中央区难波。

没多久，柳在东京神田举办了李朝的展览会。我若无其事地过去参观，立刻就被李朝陶器的绝妙吸引，变得有些飘飘然。感动得在回家的电车上都坐过了站呢。（笑）那时候，虽然没在会场的捐献簿内登记名字，只是放下钱就走了，但后来听说柳好像知道我去了，只是假装不知道的样子。大概心里想着"河井这家伙，来了吧"，一边监视着我吧。这就是最开始的事。

——彼此都斗志昂扬呢。

河井：我那时候醉心于中国的无名陶器。柳似乎也一样。我见到李朝的陶器时变得飘飘然就是因为这个。柳好像认为我那时候才第一次见识到无名陶器的厉害之处，事实并非如此。我对它的兴趣从很久以前就有了。而且还有证据。从京都博物馆所藏的我的一篇名为《陶器的创作之心》的演讲记录中可以看到。那时候柳还在千叶县的我孙子町，里奇也在。浜田先我一步与柳和里奇结交。接着浜田开始教里奇制陶。也是这个浜田将里奇带到了我的窑口。那也是我最初认识里奇的经过。接着便是东京震灾，浜田从欧洲回来却发现家里房屋被烧毁，就住进了我家，暂时和我一起工作了一阵子。而柳也因为震灾而被疏散到京都。这个柳某一天来到我家，却不说要见我，只拜访了浜田。既然这样我也没必要见他，于是我们没有见面。就这样过了一段时间，浜田极力邀请我去柳的家，既然他都这么说了，那就去吧。于是我不情不愿地像被拖拽着一样来到了吉田山的柳家。可当我一走进房间，看到装饰在那儿的一尊木食上人[1]的奇妙雕刻（地藏），就又一次被吸引了。后来听说，我当时还发出了低吼般的声音。总之，我又一次为其倾倒，变得飘飘然了。见我如此激动，柳也很开心。就这样，我们俩的矛盾立刻冰消瓦解了。接着，柳、浜田和我三个人就木食上人的木像进行了火热的讨论。

——这就是您开始制作木雕的契机吗？

河井：也许是这样。那之后，我们为寻找木食上人的木雕而四处奔走，很是疲惫。终于有一天，在一个下雪的日子里，我们在丹波一间古寺的罗汉堂找到了七八件木食上人雕刻的佛像，当时的心情别提有多激动了。将与人身高相同的沉重佛像抱出房间放在廊檐上后，一边吃着柳夫人亲手做的三明治，一边打量这些佛像，食物中牛肉罐头的美味令我至今难忘。所有人都很感动，并因下雪而恍惚不已，在罗汉堂一待就是几个小时，对此一无所知的和尚们见状都瞪大了眼睛。

——我参观过先生您的木雕作品，真是吓了一跳，那究竟是想表现什么呢？

河井：没什么特别的意义。只是任性地把自己想做的东西做出来而已。即使被看过的人问"有什么意义"，我也没办法回答。外国人也时常这样问我，但我只能回答"就是这样一个

1　木食上人：此处指江户时代后期的佛教行僧、佛像雕刻家与歌人木食五行。是"木食佛"的作者，一生中曾改过三次称号。他不属于任何宗派或寺庙，而是云游全国各地进行修行，每到一处就雕刻一尊木制佛像供奉。其雕刻风格非常新颖，不同于任何传统佛像，凿痕生动，在简洁的造型中蕴含着深邃的宗教情感。

东西呢"。不管是手的形状，还是在手指上放一个圆，都要完全无视已有的形式，想怎么做就怎么做。所以，就用观赏者的理解方式去随意解释就行了。

——您在昭和五年举行了制陶十周年展，又于昭和六年在纽约、伦敦举行了个展，当时的创作风格是怎样的呢？

河井：那是个渐渐脱离对唐、宋、李朝的迷恋，回归到日本器物的时期呢。每个人都是这样。一开始因为觉得有趣便在各国间胡乱行走，接着又被故乡吸引而飞回来。跟这个是同样的心情。从这个意义上说，日本是个很厉害的国家呢。无论什么都很美。无论拿到哪儿展示都不会逊色。我和各色外国人交流、欣赏了各种外国艺术之后，更加坚定了这种想法。日本如果要在国际社会中建立好的往来关系，必须拥有日本原有的美意识。所谓"美"，是指从这个国家的传统和生活中锤炼出的东西，没有独特的个性是不行的。因此事实就是如此啊……我的故乡出云，很美。在全日本也是首屈一指的美。而我生长在这里。大山是美丽的山，也是母亲般的存在。我沐浴在这份爱中成长起来。岛根半岛不仅像屏风一样挡住激烈的北风守护我们，还夹着两片内海，将宍道湖的淡水海鲜、中海的海产，以及汹涌的日本海中的鱼虾贝类馈赠给我们。每到应季时节，每家每户都能买到便宜的魁蛤、日本银鱼、牛背鹭和虾。牛背鹭和基围虾就像古时候在玉造制作的勾玉和管玉那样尊贵。这些食物造就了我们的骨骼。如果将母亲般的大山看作壁龛的立柱，那么中海和宍道湖就是两个壁龛。像这样美丽而丰产的土地，除此之外还有别的吗。就在这般天赐的恩惠中，我们长大了。故乡与我之间有一条牢固的绳索，我被其牵引也是理所当然。

——先生曾一度沉迷于制作陶砚呢。

河井：我喜欢陶砚。尤其醉心于朝鲜制作的。陶砚的原产地是中国，汉朝时，这种优秀的技术传入朝鲜，出现了一批很棒的东西。后来，中国的陶砚制作渐渐衰落，其传统仅在朝鲜保持下来。我曾经有段时间热衷于此，大概有半年多一个劲儿地做陶砚，甚至还因此引起了高岛屋的不满。那之后，我暂时停止了一段时间，大概前年左右又开始愉快地制作了。

——您在昭和十七年左右曾经倡导过"机械是新的肉体"这一理论呢。

河井：是的。因为那可以看作是我的一个转折点，在此之前，我认为机械本身和使用机械的人应该区别开来考虑，但那时候意识到这是错的。例如飞机是机械，但那是人类数万年间的愿望结成的果实，换句话说也是人类长出的翅膀。筷子也是同样的道理，当人类使用它，将人的生命作用于它的时候，筷子才被赋予了作为筷子的生命。这绝非单纯的物质。因此从近代文化的角度出发，决不能一元化地考虑它们。从那以后，我对事物的看法就彻底变轻松了呢。

——您曾在《火的誓言》这本书中使用过"火是心的火焰"

这句话，这是您在制陶时心境的表现吗？

河井：没错。也就是"点燃火的人就是燃烧着的火"。火不只是单纯的物理现象，还是一种精神现象，是点燃火的人的灵魂在燃烧。也就是物质与精神合二为一的体现。如今，我制作陶器时的心境不过如此。除此之外，还有件有趣的事就是，最近我开始渐渐分不清自他的区别了呢。即使工作的时候让别人帮了忙，也会认为这是我制作的东西。（笑）反之，如果那人宣称我的作品是他制作的，我也会顺从地接纳。（笑）所有的物品全都和我是一个整体。呀，真实的感受呢……这可是。（笑）

——战后，您似乎开始从至今为止拥有造型美的陶器，转向样式不固定的世界中去了……

河井：只有样式不固定才有意思。因为这是一个还未开拓的领域呢。我眼下正在制作面具也是因为这个原因。面具的题材可以用摄像机捕捉，摩托车、自动三轮车、火车等等，只要有面孔，什么都行。自动三轮车什么的，长得很有趣吧。跟岸信介[1]一模一样。（笑）人类都拥有第二张脸，如今，我对此事抱有无穷的兴趣。

《岛根新闻》昭和三十三年十月

1　岸信介：原名佐藤信介，佐藤荣作之兄。生于山口市，毕业于东京大学。曾在伪满洲国任职，与东条英机等人并称"满洲五人帮"，还曾出任东条内阁的商工大臣等职务。第二次世界大战后作为甲级战犯被关押，出狱后当选为众议院议员。1957年任日本首相，1960年因在国民性反对运动中强行批准《日美安保条约》而在翌年辞职。其外孙是日本现任首相安倍晋三。

第五章　生命之窗

序

　　以下这些话都是读者自己的，不属于我，也不可能属于我。

　　它们和言语中显露的我是"人"的同义词，二者之间没有任何隔阂。

　　如果有出错的地方，那才应该归咎于我而非他人。

前篇　火的愿望

开 门

燃烧变得坚固吧　火的愿望

吐出滚滚烟雾　火的祈祷

*

火的祈祷
终将熔化
火的祈祷

*

熔成纯白色
火的祈愿

*

熊熊燃烧　却不占有
器物的生命里　留有火的馈赠

＊

那火的结晶　火用手将其抚摸
抚摸使其坚固　火的手

＊

点燃火的人就是　燃烧着的火

＊

燃烧即是工作　燃烧使其坚固
火的工作

＊

手中盛放的火
藏在土里的火
变换姿态的火
冰冷的火团
手中的火团
——陶器

＊

冒出火的盒子
被火柴凝视着

*

手心里 真正的火之球
握住它 抚摸电灯泡

　　　　*

一盏灯　在黑暗里撕开一个洞

　　　　*

烟雾将地上的丰收　告知天上
六月的黄昏时分　整个村子燃起火堆

　　　　*

那里 也有人居住吗
烟雾升起
从大雪覆盖的田野尽头的山中

　　　　*

大雪的山中的某户人家的
地炉里的柴火　是他

　　　　*

在冬日田地里翻土的人　望着土地
并不看我

远方是　太阳没入的山峰

寸金之上 站立的是人

*

群青色的愿望

褪淡的朱红色的祈祷

白色的胡粉是秋风中

绘马[1]的叹息

*

背着月亮 山睡了 睡熟了

*

并列双脚　脚心里也能

看到月亮

*

让后背也

看看月亮就回家

1　绘马：为了祈愿或还愿而向神社供奉的带有绘画的匾额或木画板。早期多绘马，
以此代替向神社供奉活马；现代的绘马上图案样式多种多样。

*

想进入 却被关在门外
想出去 却又被抓住

*

出门一看
与其说什么都没有 不如说一切应有尽有
天空破了 无处可攀登
地底穿了 无处可坠落

*

多么美好的静寂啊
一个又一个
细小的声音在黑夜里钻洞

*

野兽在山里奔跑 独自奔跑

*

萝卜朝大地 用裸体进攻

*

赤裸着劳作　工作也一丝不挂

　　　　　　＊

成为事物中心的 真正的生命力
专心竖起 生命的耳朵倾听

　　　　　＊

从土里向世界
伸出的竹笋

　　　　　＊

青草的火焰中
那翡翠色的火炭 蟋蟀

　　　　　＊

昆虫 观察着人类

　　　　　＊

人爬上树 便创造了一幅好景色

　　　　　＊

要从那里起飞呀
塔的尖端

*

月亮看着月亮

看的那个月亮

被月亮回看着

*

一人发光　所有人都发光

这呀那的一切都发光[1]

*

灰烬中的火炭

只要去挖就会出现的火之球 火炭

*

点亮体内的灯火

把整个身体点亮

*

不祈祷　祈祷

工作需要祈祷

1　日文中的发光（光る）也有出众、拔尖的意思。

　　　　　*

是谁在操纵啊
眼前 这一双手

　　　　*

只要行动起来 就会有所成果
让身体活动起来

　　　　*

无论画多少都不会失败
在长空中绘制纹样

　　　　*

尽情地 不断地画
墙上的空白

　　　　*

捕捉飞翔的鸟儿　画成画便可
捕捉那声音　谱成乐谱便可
捕捉思绪　用文字赋形便可

　　　　*

就那样看

208

画成画来看

*

鸟儿选择的树枝
树枝等待的鸟儿

*

并非原样
形态本身是无的姿态

*

唯有笔直的东西 才能弯曲
唯有弯曲的东西 才能变直

*

向内心的自己 依靠的自己

*

愤怒
是从不愤怒的事物上长出的脓包
悲伤
是从不悲伤的事物上生出的霉菌

＊

你好　呀初次见面
你好

＊

我因为疾病而躺在床上
我没有生病
是病生了病
疾病的事就交给疾病
疾病的疾病与我无关

＊

哎呀这真是
不借用谎言
就无法展现的真实

＊

涂金 涂银
这还不够 于是又
涂金 涂银

＊

佗与寂

贫穷之美　被整理过的贫穷

*

　美的真面目
于所有事物之中
发现的喜悦

*

机械并不存在
机械是新的肉体

*

生活之花——文化
智慧之果——文明
　智慧是本能的变形

*

拥有同一条底边的无数三角形
——人类

关　门

将所有事物洗净还原 火的誓言

后篇　生命之窗

一切事物 都是自我的呈现

＊

一无所有之处 用心即有发现

＊

没有不存在的事物 只要用心去看

＊

在看不尽的事物之中
无尽地看

＊

看不见的事物无处不在——去看
得不到的东西无穷无尽——去做
注定的事并不存在——去决定

＊

无限的高处——人类能攀登的高度

无尽的远处——人类能前行的距离
何其深邃啊——人类能窥探的深度

*

在高处点燃灯火
点亮人类的高度

*

没有什么是无法拥有的——只要去找就能发现
没有什么是不可知的——存在已知的事物
没有什么是无法完成的——存在已完成的作品
——身体

*

不观察却看着
不持有却占有着
不前往却前行着

*

看不见的是 去看的眼睛
听不见的是 去听的耳朵
不知道的是 已知的
——身体

*

自己创造的自己
自己选择的自己

*

对面的自己呼唤的自己
未知的自己等待的自己
仍不知身在何处的自己

*

这个世界是为了寻找自我而来的地方
这个世界是为了探访自我而来的地方
我会找到怎样的我呢

*

自我存在于某处——出门走走

*

想遇见全新的自我——去工作

*

工作发现的自我
寻找着自我的工作

*

工作是从事着工作的工作

*

工作从事着工作

工作每天都很有干劲儿

没有工作做不到的事

无论什么工作都会去做

讨厌的事也能进展顺利

涌出惊人的力量

没有工作不知道的事

只要向它请教就能得到一切答案

只要拜托它就能完成所有

工作最喜欢的就是

让人伤脑筋的事

伤脑筋的事就交给工作

来吧就让我们共同期待吧

*

我就是你

除我以外什么也看不见的你

*

你　　　我
　的花蕾在　之中绽放
我　　　你

*

买回物品　买回自己

*

看不见丑陋之物的盲
只看见美丽之物的眼

*

只存在美丽的事物
丑陋的事物是错觉

*

美爱着所有人
美想得到所有人的爱
美渴望属于所有人

*

一追赶便逃走的美

不去追反而追过来的美

      *

不追赶美的工作
追着工作跑上来的美

      *

被震惊的自己
震惊的自己

      *

真是双大眼睛啊
将这景色装入其中的眼睛

      *

石子走来
石子笑起来

      *

并非自己的自己
存在于河滩砂石中的石子

      *

虽是一个人的工作

也不止一个人的工作

*

谁都拥有的真
假借着他的他

*

生活即是工作 工作即是生活

*

云喜欢天空 因为漂浮在天空中
雨喜欢大地 因为降落在地面上
风喜欢物体 因为触摸在物体表面
我喜欢人 因为做人越久越成为自己

*

越是自己
就越接近常人。

*

把一切都赌在这东西上
生存价值

*

多好的当下啊
当下即是永远

*

我从过去 无限的过去 走了过来
我将未来 无限的未来 放在眼前

*

寄留在我身上的先祖
延续自我身上的子孙

*

不存在于时间中的人 不存在于空间中的人
不存在于时空中的人

*

在无时无地中存在的无我
抓住无我的无我

*

以为没救了却获得了救助

＊

不走已有之路的人
走过的足迹变成路的人

＊

没有尽头的土地
新的世界
——身体

＊

这个世界就这样充分调和

自 解

一

一切事物　都是自我的呈现

事物存在于对面。看上去确实是在对面。说起来这究竟是什么事物？无数事物都处于对面。在那视线所能及的最远处。

所以这到底是什么事物？要说的话，事物难道仅仅是作为事物本身存在？抑或是独立成了其他事物？如果说这些事物还呈现了自我以外的其他事物，那究竟是什么呢？

该说幸还是不幸呢，我们并未生活在这些事物之中。事物总在对面。眼下确实是在对面。然而处于对面的事物，与面对它的自己有着怎样的联系呢？这事物与自己是完全独立、各不相干的吗？虽然彼此独立，却也彼此相关。——这种事有可能吗？如果没有关联，那也不必将它们联系起来，但二者关系如此紧密，究竟是怎么一回事呢？

这边发生变化，那边也会跟着变化。——这究竟是怎么回事？乍看二者完全独立，却被看不见的东西牢牢拴在一起，这就是证明。通过自身无法呈现的事物真的存在吗？

无论是谁，只要处于事物跟前，就会与其同位、同量、同质、同事、同处，——有此经历的人一定会意识到这点。好吧，即使真的无法理解，或是不赞同，但事实如此，没有其他办法。没有其他办法的我们就是这样的生命。

一切都是通过自我呈现的世界。只有自己才能呈现出的世界。只属于这个人的世界。无论是否有所察觉都只受这个人控制的世界。无论是浅显地看、深刻地看、宏观地看，还是狭隘地看，总之都是这个观看者的世界。是别人无能为力的世界。不受任何人侵犯的世界。——人就是这样一个世界的居民，说来又是怎么一回事呢。那就是存在于相类似的世界中，却又各不相同的独立世界。

一切都是自己创造的世界。因此可以在其中放飞自我。只要你想就能造出的世界。这才是真正的世界。——除此之外，真正的世界在哪里呢。

人并未受到束缚。曾经受过束缚吗？如果认为有，那也是自己所束缚的。人从来都是自由的。如今还需要什么解放呢。

＊

一无所有之处　用心即有发现

只能生活在可见世界中的居民——我们，然而在不去看的时候则会被关进一无所有的世界里。那是连被禁闭的自己也不存在的自己。

＊

没有不存在的事物　只要用心去看

在这个世界上，我们只被赋予了这片国土。人们都只是这片国土上的居民。只要去看就能发现任何事物的世界。只要去找就不会徒劳而返的世界。就像只要挖掘就能挖出些什么一样，只要用心去看，就有些什么会出现。

＊

在看不尽的事物之中
无尽地看

人只看到很少的事物。并不去看更多。有人说，以小见大，见微知著。没错，这的确有道理。然而只有在看不尽的事物之中，才能真正看到些什么。

况且事物并未将自己隐藏起来，而是暴露在外，俯拾即是。

那漆黑中的东西是什么——人点亮眼球里的灯火。

能看见不可见之物的眼睛。能听到不可闻之声的耳朵。知道未知事物的身体。

*

看不见的事物无处不在——去看

得不到的东西无穷无尽——去做

注定的事并不存在——去决定

被看透的事物一件也没有。被完全弄清的事物一件也没有。仍存在无尽观看的可能，和随便去干的可能。一切都是假设。一切都是暂时的。去看吧。去干吧。去决定吧。

工作就是去决定。造型之母——决定。这才是催人奋进的原动力，是孕育人类的未完结。带领人类不断前行的就是这未完结。

无限的高处——人类能攀登的高度

无尽的远处——人类能前行的距离

何其深邃啊——人类能窥探的深度

＊

自己创造的自己

自己选择的自己

　　自己规定了自己的自己。将自己限定为某个自己的自己。自己是创造自己的场所之名。正因如此，也是个自由创作的场所。能造出任何自己的场所。

　　存在于无处的无我。除此之外，我们究竟属于何处呢。要创造怎样的自己？选择怎样的自己？

　　人都拥有——并非被谁赋予——成为自己之前的自己。这才是一个不会生病的自己。没有苦恼的自己。不会衰老的自己。想污染也无法污染的自己。总是生机勃勃的全新的自己。不必减少也无可增加的自己。不学习也明事理的自己。不前行便已到达的自己。

　　醒着时睡着的自己。睡着时醒着的自己。

＊

我会找到怎样的我呢

　　人无论是在迷糊或清醒的时候，都会有个自己从未察觉的自己想窥视存在于某处的另一个自己。想窥视无数个自己。想发现从未见过的自己。除此之外，我们无法存在于别的场所。

*

对面的自己呼唤的自己
未知的自己等待的自己
仍不知身在何处的自己

生命在行走。时时刻刻地行走。无穷无尽地行走。——自我存在于这样的地方吗。

惊叹和喜悦是指，遭遇从未见过的自己时的自己。——除了找到这样的自己外无他事。无所不在的自己。无数的自己。看不尽的自己。

*

自我存在于某处——出门走走

人有时会带着目的出门，有时不带目的出门。这都不成问题。无论迷糊还是清醒，发自内心想知道的都是自我所在之处。想看到无数个自己。——此外我们并不行走。

226

*

想遇见全新的自我——去工作

人们不关心昨日的自己。不关心重复的事物。即便认为是重复的工作，也会试图在那重复之中寻找不重复的自我。即便是被强迫完成的工作，也会因不断找寻更新的自我而被拉着前进。除此之外还有别的动力能催人奋进吗？

*

工作发现的自我

寻找着自我的工作

自己找到的工作。自己正在寻找的工作——然而啊然而，人们无法依靠未知的自己找到未知的自我。唯有别人发现时才能找到。

*

工作是从事着工作的工作

去做的自己。被做的工作。不去做也不被做的工作。工作将工作吸收，又将工作吐出。

*

我就是你
除我以外什么也看不见的你

有一个词叫他人。人，可以说就是除自己以外的别人。是
啊，没错。但世界上存在不以自我呈现的人吗？

你　　　我
　的花蕾在　之中绽放
我　　　你

　　　　*

点燃火的人就是 燃烧着的火

在人点燃的火里，有自个儿燃烧的火吗。笑着的火。发怒
的火。沉默的火。说着话的火。冰冷的火。热烈的火。
人有时将草芥变成猪肉，有时将肥料变成米。肉和米——
人在任何地方都会改变自己的形态。

　　*

买回物品　买回自己

　　如果有人能买来除自己以外的东西，那我真想见见他。人总爱这么说吧：虽然讨厌但没办法，还是买了。说什么"这样的东西才不是我的呢"。然而这样的人，除了买回无计可施的自己，还买回了什么呢？

二

　　看不见丑陋之物的盲
　　只看见美丽之物的眼

　　存在丑陋的事物，也存在美丽的事物。它们严肃地出现在我们眼前。掩饰和隐藏是行不通的。虽然如此，这个世界里却只有美丽的事物。除此之外一无所有。
　　只有美丽的事物。丑陋的都是错觉。

　　　　*

　　美爱着所有人
　　美想得到所有人的爱
　　美渴望属于所有人

恶爱着所有人。恶想得到所有人的爱。恶渴望属于所有人。

*

以为没救了却获得了救助

人是一种生活在善与美之中却又努力拒绝它们的奢侈者。就连这样奢侈的人，善与美也将其包裹着。人并未被置之不理。虽然并未被置之不理，人却总是倾向以为自己被置之不理了。

*

不追赶美的工作
追着工作跑上来的美

被美追赶的美——工业之中大多存在类似的事。美追着工作的脚步从后面追上前来，紧接着抓住制出的物品。
追赶美的美——美术就是这样一种工作。然而美一旦被追赶就会逃跑。人为什么总想抓住逃走的美呢？

230

生活即是工作
工作即是生活

因为切除了不能切的东西而流的血。——人们眼下正在流失这血液。然而，只要明白这血是由于不必切除却被自己切掉而流的，出血便会止住。

*

被震惊的自己
震惊的自己

如果我只会被对面的事物所震惊，那么问题就在于"我"究竟是什么。会被震惊而震惊的"我"究竟是谁啊。

*

真是双大眼睛啊
将这景色装入其中的眼睛

哪一个大，哪一个小呢？

人总想限制自己。如果我们的眼睛也有限度，那么人就不可能拥有望远镜、显微镜、夜视镜之类的眼睛。

        *

石子走来
石子笑起来

人能让鸟唱歌，听说这叫"鸟唱"。鸟儿真的只是在唱歌吗？人能让花笑起来，据说这叫"花笑[1]"。花儿真的曾经笑过吗？

就石头而言，如果现在的人果真见过类似的事，那算是谎言吗？

        *

虽是一个人的工作
也不止一个人的工作

我们身在何处。在何时之中。被什么所包围。又继承了什么。

是谁在操纵这双手？

1　花笑：春天的季语。形容樱花绽放花蕾。

*

谁都拥有的真
假借着他的他

所有人都假借的他。他假借的所有人。历史借他的台阶登
上无限的高度。越是自己，就越接近常人。

*

无论画多少都不会失败
在长空中绘制纹样

天空是对手，抑或自己是对手？总而言之，人居住在充满
可能的世界中。
在高空点一盏灯。点亮人类的高度。

*

多好的当下啊
当下即是永远

赌上整个自己之时——除此之外，还有其他活着的时

刻吗？

明明活着，却时而生时而死，时而死时而生。

*

把一切都赌在这东西上
生存价值

做得到还是做不到，不知道。——连这种问题也不去思考便赌上自己的全部。无论是谁都总把自己赌在这唯一的一件事上，若非如此就不算活着。

*

我从过去 无限的过去 走了过来
我将未来 无限的未来 放在眼前

死亡是既定的事。不死也是既定的事。我是祖父。也是孙子。

寄留在我身上的先祖。延续自我身上的子孙。我是未来。也是过去。

*

并非自己的自己
存在于河滩砂石中的石子

唯一的自己。无可替代的自己。却也不是自己的自己。

*

不是自己的自己
第二个自己

人都拥有两个自己。——话虽如此，却总是只承认第一个
自己。认为第二个自己不存在。即便如此，也还是拥有两个。——
认定是自己的自己，和不是自己的自己。

*

灰烬中的火炭
只要去挖就会出现的火之球 火炭

沉默却不沉睡的火。
安定却不懒惰的火。

虽不偷懒却也不爱出头的火。

虽爱躲藏却充满力量地活着的火。

       *

点亮体内的灯火

把整个身体点亮

    用全身光芒示明所在方位的灯笼。在黑暗中挖出和平之洞的灯笼。不仅仅是照亮自己，也照亮了周围的灯笼。就像不会烧到自己那样，也不会烧到他人的灯。比起前方更重视脚下的灯。体积虽小却让人拥有巨大梦想的灯。性子沉稳安详，却积极照亮四面八方的灯。

       *

拥有同一条底边的无数三角形

——人类

    角度各不相同的这一个个数不清的三角形。钝角、锐角、等边、不等边。彼此之间的差小得让人惊讶。

    这差异虽有类似，却没有丝毫相同。然而，这差异却是由一丝差异也无的同一底边所支撑。

不存在于时间中的人 不存在于空间中的人
不存在于时空中的人

无时无地之中存在着一个无人。确有这样的人。的确存在。
存在于某个人之中。
抓住无我的无我。

不走已有之路的人
走过的足迹变成路的人

时间向场所——被称为"人"的场所不断授予新的土地。
昨天无法开拓今天。人总是站立在未被耕耘的地面之上。
无垠的土地，新的世界——身体。

三

机械并不存在
机械是新的肉体

机械是物品。——要是有人持有这种看法，我就想问问了。如果说机械可以自动运转，首先站出来反对的会是谁呢？想必正是那些认为机械是物品的人会第一个反对吧。我这么说的意思是，那些人其实知道，任何机械都必须经过人手才能成为道具。比如那儿有一把锤子，但锤子一旦离手就不再是锤子了。锤子总是否定着自己是锤子这件事。如果没有我们的手，锤子还能干什么呢？

据说在道具出现以前，人类经历了漫长的岁月。是啊，新的手从身体里长出来需要时间。这双新手和生物界中的突然变异不同，是由于别的理由而赋予我们的。人类的异常进化紧接着开始了。我们身体的预言者——千手观音。三头六臂，七头八臂的偶像。我们伟大的手——起重机和压榨机。响彻世界的声音——我们新的声带。不认同黑暗的眼睛。巨大的耳朵。庞大的脚掌。

蝙蝠是通过累积不得不实践的"飞翔"而得到了翅膀。——这是任谁都能想出的结论。人类是通过累积想像鸟一样飞翔的愿望而孕育出了飞机，这也是众所周知的事。从生物体内诞生的实践和愿望。——它们的关系究竟是什么？"实践"这种动物的本能，和"愿望"这种人类的智慧。——智慧必定是本能的变形。来源于生物内部的实践和愿望。谁又能断言这是另一种功能呢？因为附着在身体上才是翅膀，离开身体的只是机械——这种说法真的对吗？

例如某种动物和植物。其中存在无法用种类、距离等概念解释的问题。例如某类植物和只能与这种植物发生关系的昆虫之间，植物的开花和昆虫的出现周期——它们是离开彼此都无法独立生存下去的关系——像这种情况，这株植物和动物并非彼此分离的相异存在，而是属于同一个组织体——虽然分离，但身体之间联系紧密——除了认为它们是这样的存在，还有别的可能吗？如今，我们已经不会再被时间和空间的概念糊弄了。我们眼下发现令人惊异的肉体。

*

这个世界就这样充分调和

事物的模样转变为其他模样时发生的各种现象，有时会以一种残酷的形式展现。

木头要变成火，就必须把自己烧掉。火要变成硬度，就必须让自己消失。大米被食用。鱼被杀死。

生物为了生存而不得不避免的此类事项的内面，究竟存在着怎样的机制呢？以下是某个有幸窥见这一机制的人所说的话——

那是在战争期间，我所居住的京都也面临着不知何时会遭遇何种情况的危难。那段时间，我几乎每天一到黄昏就会从清水边翻过阿弥陀峰登上东山的高处，与这座不知何时会被烧毁的城市告别。

那一天的警报也响得很频繁。我坐在新日吉神社附近的树丛下，那根时常被我用来休息的树桩上，看夕阳中的城市。用一种无法形容的心情，眺望着这幅明天可能再也见不到的风景。

就是那个时候。我被突如其来的一个念头击中了。哎呀，哎呀，可真是啊。这样不就行了吗。这就行了。这就够了。被烧掉也好被杀死也好，接受就行了。——因为这样才能达到调和状态呀。这般出人意料的想法突然涌上我的心头。没错。"调和"这个词语清晰地从我心底浮现。

什么呀，原来如此啊。这就是一种调和啊。原来是这样。——我就是被这种念头击中的。然而当时我并不完全了解这意味着什么。虽然不了解，却在担忧这座城市和我们自己将来命运的不安之中，突然产生了一丝安稳。我在不安之中渐渐变得愉快起来。头顶的蝉声如雨。那声音似乎也很愉快。再见了，再见了京都。

从那以后，哪怕警报响起来，我也能在不安之中怀抱一丝安心感——以这样的状态度过了那段日子。可是，为什么杀人和被杀能够被我接纳呢？如此不讲情理的事为什么说"这样就好"呢。——尽管脑子里还不太理解，但那句"这就行了"就这样占据了我的内心。身处两种相反见解中的我意识到自己也像这被揉搓成同一根绳索的不同意见般渐渐统一。

在那之后一个星期左右，某一天，我计划前往时常拜访的山科，就这样出了门。山科的农家和田地总是能让我心情愉悦。道路经过蛇谷后将东山的山峰一分为二，接着攀上滑石峰，下行进入西野山的村落。峰顶的视野非常开阔，人们真正像人一样居住着的生活图景展现在眼前。从峰顶稍往下一段距离的地方傲然挺立着一棵大油桐，我时常在这附近小憩片刻，然而这一天到了那里，突然发现这棵大树的叶子几乎都被虫吃得光秃秃了。在周围青翠的松树与杉树之间，唯有这棵油桐顶着满身只剩叶脉的秃叶沙沙沙沙地立在原处。

叶子被虫吃掉，虫吃掉了叶子——乍看只让人觉得可悲。然而这一天毕竟有些不同寻常。我一见这幅景象就察觉出某件事，在为油桐感到可悲的同时，也有一种从未有过的思绪从心底苏醒过来。叶子被虫吃掉，虫吃掉了叶子。——至今为止，除了这层表象之外从未发现别的事情，今天究竟是什么特殊的日子呢？

虽然叶子被虫吃掉，虫吃掉了叶子，虫却从叶子中获取了养分，叶子也养育了虫——那个瞬间，我清晰地意识到这件事。吃与被吃这种可悲的现象就那样立刻转变为养育和被养育的现象了，这究竟是怎么一回事？

这期间，每当我心中烦闷时总会告诉自己"这就行了""这也是一种调和"，那时还不明就里的原因到这时总算清楚了。不安之中的安心。是这样吗，是这样的啊。如果大米和鱼儿不创作些什么，猪啊牛们不思考也不写下点儿什么的话，有谁会知道呢？

蝴蝶在飞。叶片在飞。

我在山科的村落间散步，直到天黑。

后 记

　　人会在现实中遇见非现实，且让不可能之事变为可能。我们则是在被称为"纹样"的世界里创造了这样一片国土。

　　"此处"，是个任何事都有可能发生的地方，一个不存在不可能的地方。不仅仅是幻觉和梦境，在这里，所有人的想法都能拥有切实的形状。比如，这里的一根树枝上可以开出不同种类的花朵；甚至同一根枝头上的花朵与果实能够共存，互相吓彼此一大跳。这里可以把白的变成黑的，把红色说成是绿色，而这一切绝不是谎言。无论任何东西都能如你所愿地弯曲、伸长、收缩，还能造出另一个生命，这里就是这样的地方。

　　在这里，所有物体的形态都和现实世界中不一样，被改造并赋予新的生命。这里就是这样的地方。

　　这是一个不按表面形态定义事物的地方。是眼中所见之物皆无法进入的地方。若非心中所见，一切事物都会把人拒之门外，这里就是这样。从万事万物之中发现精髓与魂魄，只是这样的一个地方。

纹样是唯有人能制作的精神。纹样是只有人能拥有的悲愿。

所谓纹样之国，就是一切事物只生出爱和美的地方。这里从不展示肮脏、丑陋之物，是所有事物都将走向幸福的地方。这样的"此处"是另一个世界。

说现实背面粘连着这样一个世界，究竟是什么意思呢？这个国度里没有时间，没有地点，也没有彼此束缚的任何事物。而与这样一个世界互为表里的现实，又是个多么欢乐的地方，多么具有生存价值的地方啊。

第六章　生活与语言

站在历史开端的孩子们

深蓝色大海的对面，正月里巨大的朝阳在爬升。

迎来新一年的孩子们变得通红。

那是朝阳，是正月，是孩子们。

孩子们被等候着、呼唤着、招揽着。

通红的正月。通红的孩子们。通红的我。

崭新地发光，膨胀，燃烧，在眼前爬升。

今年会发现怎样的自我呢。

今年会得到怎样的自我呢。

（《民艺》昭和三十九年一月号）

写在《生命之窗》以后

黑蟋蟀是秋天的守门人
从今打开爽朗风中的大门

*

不懂生命的生命——虫儿草儿万岁

*

一把雨，两三个雷——秋天到来

*

落日下金色的松树 镶嵌在空中

*

一棵松树 长空里的纹样

*

日本这个国家，是名为渔村的挑战海洋的动态生命这张包
袱皮，将扎根于土地的静态生命包裹其中的几包行李，工业之

类是在包袱皮上添加图案，或让包袱里的东西更具复杂性的一种掺杂物。

*

虫鸣声像哗啦哗啦的波浪拍打着深夜的海滨，床铺般的岛中如今只有我一人。自我被白昼陆地上的形状、颜色席卷其中，眼下正是找回它的时刻。

无边无际的沉静之海——夜色切断了外界所有联系，让我形单影只。身体消失、一无所有的我，只有意识无限延伸的生命，这一刻终于自由自在，没有任何杂质的自我，这一刻能将一切现实于虚空中、一切虚空于现实中呈现出来。将一切不可能变为可能，与植物说话、和动物聊天，看到几万年前，也看到几万年后的现在——秋日的深夜。

*

生命在行走 为了寻找自我而行走

*

身体是标准 由身体来衡量

*

让事物看起来如此美丽的人类之美

*

生命是为了欣赏美丽事物而诞生的 而不是为了丑陋的
事物

*

贵重的生命——与自我奋战的生命

*

生命的本体——欢愉

*

这形状是从哪儿找来的
这颜色是从哪儿找来的
花儿啊这朵花

*

层层叠叠的山峦 春天露出了脸

*

美爱着一切 草与虫 山和水

*

看山时 山也在看

*

虫不知道自己是虫这件事

*

在这里生活也能看到远处积雪覆盖的山中那微弱的烟雾
信号

*

要说优秀的人 就应该放在柜子上祭拜
尊贵虽好 其实并没有什么用途
必须下放到与自己相同的平面去看

*

我来到这个世上只是为了来寻找欢乐

*

草、虫、兽类只是为了生存而来到这个世上。人类也是为
了生存而来。
然而与仅有这一诉求的生命不同，人是追求幸福的生命
这一事实也让他们成了不幸的生命。

*

世界只是自身创造的世界

*

无名之形 在哪里怎样生存着呢 眼前这活动的点 点

*

意识先于存在而存在——如何 无限的世界在展开

*

这世上没有比幸福更必要的东西
如果不幸太多 人早就该灭绝了
然而，不幸是为了制造幸福时放入的少许酵母，也是必
需品

*

不幸偶尔也是制造真正的人类、美好人类的道具

*

人通过制作一事——通过制作物品一事深入理解了自己

*

文字是语言的替代品

＊

人只是这个人力量的存在

＊

人类为了得到意识而丧失了本能

＊

这个世界是为了探访自我而来的地方　多么美妙的地方

＊

这个世界是为了寻找喜悦而来的地方　而非除此之外的任何地方

＊

到河边寻找石子的人　去捡回自我的人

＊

我的发现真让人惊讶　在这个不知是谁创造的驱壳中 我存在着
这是个多么让人惊讶的发现

＊

必须看些什么　如果不看些新事物就无法继续的生命

　　　　　*

　　值得信赖的生命　无论什么都能创造的生命

　　　　*

　　超越自我　超越自我　为了寻找自我

　　　　*

　　生命的出路——因为自我之中有一股与我逆向前行的力量
在运作而被推着前进

　　　　*

　　智慧是本能的变形

　　　　*

　　在有限世界中的无限证明

　　　　*

　　向着美前进的生命——人类

　　　　*

　　自我是新的美学

＊

人都是将自己点燃、焚烧，并用这火来辨识事物

＊

人，播种在世间的一种生命 会怎样发芽呢

＊

力量的表现——生命

＊

即使想法错误 身体也不会错

＊

不以想法去看 而以身体去看

＊

时间不存在
风雨没有年龄 生命没有年龄
时间是人类意识到的观念

＊

凝视物品时发现 我曾在这种地方存在过啊

*

生命只拥有一个目的
活到尽头这唯一的目的

　　　*

不是为了在路上行走而活
走过的痕迹成为道路的生存方式

　　　*

没有恐惧的地方也没有死

　　　*

壮丽地活着、运动着的大建筑——人类

　　　*

身体中有无数至今未曾见过的形态的身体

　　　*

无数的美　未知之美的居所——身体

　　　*

不是为了得到没有的东西
而是将所有之物取出来

*

将自己的喜悦灌注到其他生命中——爱

*

只给予不索取——德

*

不知疲倦的造型 反复的美——民艺

*

太优秀也不行
没出息也不行——民艺

*

必须优秀才行——美术

*

追逐的美 作者是主体——美术
被追逐的美 观赏者是主体——民艺

*

抛弃美之时便是得到美之时

*

不追求就能获得

*

抛弃美的工作——美术

*

所有事物都属于观赏它的人
由观者能力决定的事物

*

他人为我们寻找的自我——读书

*

多么美的耳朵啊 聆听那声音的耳朵
多么美的手啊 捧着那美丽之物的手

*

只要呼唤就会醒来的人是沉睡在身体里的那个人

*

自己还未见过的是沉睡在自己体内的那个人

*

就连污秽的东西也很美　怎么办
尽是美的事物　怎么办
　　　　*

美化身为一切事物

　　　　*

一切都是自己的东西　无论是谁的东西

　　　　*

外部没有——内部满满
不去获取也——内部满满

　　　　*

这是什么样的身体啊　不知里面装着什么的身体

　　　　*

喜悦不足的时候便是失败

　　　　*

虽然总是受到救援但整日怀揣被救援的意识是不行的
只有当回忆涌现时被救援一事才是一种救援

　　　　*

不能与时势同步
必须与时势同步

　　　　*

美寻找着人

　　　　*

美不需要寻找
美才是寻找那一方

　　　　*

不是追逐美 而是被美追逐

　　　　*

不是捕捉美 而是被美捕捉

　　　　*

持续向美而生的生命——人类

　　　　*

只做要做的事 这才是对自我的完全消耗

*

自己就是所能见的一切

*

打开窗 打开生命之窗 去看

*

死亡一事是注定的 不死一事也是注定的

*

没有不受恩惠的人 只有拒绝的人

*

被赠予同样的东西却分别接受的人类

*

美总在寻找着人　幸福在寻找着人

*

事物存在于外界的同时也存在于内心 二者是同一物

*

人甚至渴望着死

那是想见到自己的渴望

　　　　*

称自杀是逃避不妥
那是为了发现自我而做的勇敢的最后的投资

　　　　*

没有被召唤却聚集 没有被施与却被温暖
没有被灌酒却被迷醉 没有与之交谈却听到它的诉说
——地炉里的火

　　　　*

该来的东西在到达前不会来

　　　　*

这个世界是自己创造的地方　能被做成任何样子的地方

　　　　*

理解重要　忘记更加重要

　　　　*

时间是人类发现的生命——生命的所在即为时间

*

"这个世界就这样充分调和"是美丽还是难得呢
与雨同湿 与风同吹 与雷同鸣 与地震一同摇晃
与秋风一同歌唱 与芙蓉一同绽放 与工作一同工作

*

到工作中旅行 到未知的形态中旅行

*

不去捕捉也能捕获
谋求之前便被给予
祈祷之前便被垂询

*

身体的祈祷 工作即祈祷

*

无论是痛苦 是悲伤 还是愤怒 无论人怎么想
生命是喜悦 除此之外非为生

*

即使悲伤 心底也有让人喜悦的事物 即使愤怒 心底也有让人喜悦的事物

——什么啊什么啊这是个什么家伙啊

*

即使悲伤也有喜悦的人存在
即使愤怒也有喜悦的人存在

*

即使痛苦也有喜悦的人存在

生命是以愤怒、悲伤、痛苦——以这些外部情绪所无法左右的，存在于意识底部的生命，这些情绪在它上面连擦伤的痕迹也留不下。生命是无论发生什么都喜悦着的，因此生命是能持续到尽头的，生命不死便是这个缘由，人一旦喜悦就会自然而然地快乐起来，这也是因为和内部的生命本体——喜悦——合为一体了。

亲笔记录　昭和二十一年至二十三年

手考足思

我存在于树木中石子里 也存在于铁和黄铜里
还存在于人群里
从未见过的我有很多
我总是央求"让他们出现吧"
我想将他们挖掘出来 让他们显现
我如今无所谓自己做还是别人做
无所谓新的旧的 也无所谓产自西或东
这些事都无关紧要
喜欢的事物里必定有我存在着
我从习惯中抽身 是因为想见到未曾见过的我

我将我诉诸形态 诉诸土 诉诸火
诉诸木、石或铁
形状是静止的歌 是飞翔着的静止的鸟
我想诉说这样的我
如果这样的诉说传达给你
它就原封不动地成为你的所有物
到那时我将让位于你
你之中的我 我之中的你

我存在于任何事物中
停下来聆听那声音
在这之中存在过啊
在那之中也存在过啊

你完成了我想做的事
你既是你 也同样成了我
如果把你做过的事
说成是我做的 你或许会生气吧
可我想做的事被你完成了 那也没办法

你究竟是谁啊
这样的我又是谁呢
在途中交错的你和我

那个是那个 那个
这个是这个 这个
语言什么的只是残渣

那个是什么呀 那个就是那个 你的那个
如果给那个定义
它就会成为我的所有物而不再属于你

过去绽放的当下

含满未来花苞的当下

《民艺》昭和三十八年十二月号

新时机到来

在空中画图，在水上写字，
　　　在云上安家——
除此之外，人还有
别的工作吗。
早晚会不留痕迹地
　　　消失吧
正因如此，人才要工作。
真有趣不是吗，
　　　我啊。

　　　　　《民艺》昭和四十一年一月号

无尽的款待

用无数顶棍支撑起来的生命

步行于时间之上的生命

想见到自我的我们

稍加回顾便发觉受到万物款待的我们

作为客人被招来这个世界的我们

看不尽的事物

吃不完的飨宴

如果这还不是往生

那么所谓常寂光土究竟在何处

个展邀请函 昭和四十一年十月

268

赠予河井

　　观赏着你的作品，各种念头纷至沓来，对于你的前景也浮现出各种想法。你能做出如此优秀的作品，对我而言就像是自己取得成就那样高兴。如果有人说你的坏话，我也会因此暗地里备受煎熬。我们是携手共进的伙伴，你的喜悦和苦涩都不知不觉影响着我。虽然不少人都见过你的工作成果，但恐怕除了仅有的几人，其他人什么也不懂。我一直想着为你写点什么，但对你了解越多，反而很难下笔去写。详细内容且留待以后。

　　想必你不会忘记吧。大约十五年前，当你声名鹊起之时，你的作品甚至被人称赞为国宝，当时最先表示不服的人是我。又或者只有我。那些精巧的三彩陶、美丽的油滴天目、华美的青瓷和辰砂釉，在我眼里毋宁说是一个作者的耻辱。事实上与其说这是针对你，不如说它是一种针对当时不负责任的评论界的抗议。主旨是想说明制作这类作品不是陶艺家的工作，以及技巧和美是不同的。如果你至今仍然延续当时的作风，想必我们也不会成为朋友吧。但幸运的是，命运将我们联结在了一起。从那时起，我无时无刻不在感激与你的相交。我时常从你身上感到热血在奔涌，你或许也从我身上汲取了些什么，尤其是与工艺相关的问题，比起你我还有太多不足之处。从你身上学到的真理太多。

对你作为创作者的生活产生敬意，是从见证了你那充满活力的艰苦奋斗开始的。因为你毫不犹豫地舍弃了集世间称誉于一身的作品风格。同时也毫不留恋地舍弃了与之相伴的财物利益。在对创作者而言诱惑最多的时期，你也勇敢地奋战到底。至今为止，有哪个幸运儿能做到这些呢。无疑，这是你一生中的伟大革命。如果没有对真理的忠诚热情，想必很难做到吧。工艺创造也要有充分的心理准备，这一点我也进一步从你身上学到了。

很多人因此为你感到惋惜，也为日本感到惋惜。他们认为你的举措很愚蠢，责备你为什么非要回归旧物，而不再创作那些明丽的作品了呢。至今仍有不少人这么认为。不过，为你的新生而喝彩的人也有两三个。我就是其中之一。你真正的几个朋友都是通过崭新的工作聚集起来的。

大概是在你内心产生这种变化的时期，我因为偶发原因搬到了京都。不久后，浜田从英国回来了。与你的相交也是在那之后不久。有人想当然地认为，让你风格产生转向的主要原因是我们对你的影响，事实上这种消息并不正确。我想为你做此声明。火焰燃烧在你自己的内心，力量栖息在你眼中的判断里。你在被世人忘却的领域中凝视着崭新的美，也见证了真正的美涌现自哪种生活。看着至今仍是活力无限的你，我强烈感受到你与大部分创作者的不同。关于自然，关于人生，关于美，关于德，你的直观感觉总是那么新鲜，没有理由将你放置在从前的立场。

你重新凝视了怎样的审美世界呢。那已经不再是绚丽的器物，而是拥有更加谦逊品质的物品，一直与生活息息相关的物品。就这样，你深切凝视的是贫穷职人们的生活百态。你从他们的内心和用具中提炼出无人发觉的正直品性。你还见到了许多该在自己作品里重现的特质。你的热情不允许你犹豫，于是就这样径直进入了新工作中。在这条路上，滨田是你的好伙伴。幸而，我们在美的领域里凝视着同样的东西。你们作为制作的一方，我作为欣赏的一方，向同一种真理逼近。我刚开始写作《工艺之道》时，每拟出草稿便要给你过目，询问你的意见。从你的喜悦和批评中，我获得了莫大的鼓舞，也得到了反思的灵感。我们通过美与真理加深了友谊。

不过到那时为止，针对工艺之道，尤其是民艺的深意，就过往认知进行回顾反思的人从未断绝，现在这甚至成为一种流行，但十年前大家信奉的是完全相反的说法。在你转向进入新的工作时，认为这是个错误而替你惋惜的人不少。人们认为我并非你的良友，还觉得我是引你进入歧路的人之一。甚至曾经有人把我叫去，劝我让你回到往日的工作中。我虽然被那份好意触动，但也不禁感叹对工作本身的理解之难。而你毫不畏惧地朝必须前往的未来奋进了。

然而新的道路荆棘遍布，耕耘前行的人要面临许多苦难。曾经追求异常之物的人要回到寻常审美也并非易事。那时你的工作之路也充满迂回曲折，想必做了很多无用功，也不时受挫，偶尔或许连内心的绳索也打结了吧。无论谁来经历都是一样的。但见了你当时的状况，立刻就有人跳出来非难，时不时发表些肤浅的批评。我见了如芒在背，却也只是沉默地守候着你的未来。但确实担心过你呢。偶尔还会惴惴不安。但充满反思、忍耐和勤奋精神的你让人无法质疑。你如今所达成的，实在是连年轻人都无法企及的热情与诚实带来的恩赐。

今后也需要各种修行吧。这是伴随我们一生的事。技艺的修行没有止境，内心的修行更是没有终点。不过，比常人倍加诚实的你将这些修行变成了工作上的成果。一方面，你性格开朗，感情的表达很激烈。但这并非你的全部。你也有容易落泪的一面。有安静、孤寂的一面。这些特质使你更加纯粹深刻。大家都知道你很热情，但你其实更喜欢平和。因此，只表现出热闹的作品我是不会承认的。如果图案太过显眼、线条太过粗犷、压绘太过凌乱、打磨太过尖锐，或是外形夸张过度，我就无法认清真正的你了。我要描述更加稳重的你。尤其是作品之中需要这种沉默的要素。越是沉静、谨慎的东西，和它一起生活就越能加深那份亲近感。想来恐怕任何工种都该回归到这种特质上来吧。我自己也希望在所写的文章里、所说的话和所做

272

的事中拥有这份稳重。我们都还需要继续修行。如果是一条一寸的线，就该在七分处停住。如果是五分的厚度就该在三分处加以控制。这样才能刚刚好不是吗。我们都需要在谨慎方面继续修行。你最近捎来的方形扁壶我极其喜欢。它非常沉静，形状颜色也都是你的风格。这是不朽之作，我将它放在桌上时刻观赏着。

　　创作者的立场是一条难行之路。因为是基于个人意识，所以常出现各种毛病。依靠个人力量前进并不容易。从古至今，个人陶器中出类拔萃的作品很少，也是因为这个原因。如同你也十分了解的那样，真正美丽的作品大都作者不详。多数是由无知的工人们所创造，很难想象靠他们的力量能孕育出美。必定是依靠某种事物，走在他力的道路上。正因为所走之路安泰易行，才造出了那些蕴含天然美的作品。在这里我们又遇上一个问题。依靠个人力量的我们和借助他力的器物彼此面对面，有什么能让二者相连接的方法呢？关于这个，我还想与你深入讨论一下。

　　归根结底，创作者们或多或少都是自力更生的行者。一旦意识觉醒，就不可能回到沉睡状态中去。除了将这种意识培养下去，没有别的办法。这条路因此也越来越难行了。不管哪条道路，创作者们都是献身其中的和尚。必须奋战到底，精进到超脱的领域才行。然而只把工艺比作这条路真的好吗？就算获得了超脱的作品，到头来难道不是只停留在个人工作上了吗？如果是僧侣，就必须与普通信徒们联结在一起，没有这一步，宗教就无法成立。我仔细想了想，工艺中也应该有宗教团体这样的存在。否则美的国度就不会降临。我们应该一起为其建设而努力不是吗？

只有无名陶器的时代已经结束，接下去是个人陶器的时代。然而在积累了无数试炼后的如今，个人陶器的时代也差不多该结束了。接下来，该是由个人和工人们合作完成的陶器诞生了。制陶的历史一度从他力转向个人力量，这次也该转向个人力量和其他力量结合的道路了。这种方式一旦成熟，历史便会真正地焕然一新吧。丧失了审美标准的这些年里，如果没有正确的个人创作者出现，工人们就丧失了指路的明灯。同样，如果不将普通信徒集合起来，僧侣的存在意义就很淡薄。倘若二者不互相结合，则二者都无法存活不是吗？个人被吹捧的道路和工人被摧残的道路都不是正途。只有齐心协力的美，超越个人的美才有未来。

如此想来，你的作风转向就是为此而做的准备吧。耗费唇舌说了这么多，无非是想表达你选择的这条新路是上天赐予的。很多创作者对借助他力的道路甚少反思，唯有你立刻便知悉了其中深意。在那些无名工匠身上，你发现了任何人都没意识到的奇妙特质，并在他们的生活中见证了包藏其中的确切之物。此外还从他们创造的器物里持续不断地汲取着深藏其中的真诚。你比任何人都深知贫乏中蕴含的丰富。如果对普通信徒缺乏敬意，那僧侣还能做些什么呢。如果不充分激发出工人的能力，自己也无法灵活工作吧。在我眼里，你就是那正直的僧

274

侣。从中也能预见你对工作的展望：难道不能把自己的工作融入工人们的工作中吗？除此之外，再没有其他正确方式能让创作者们获得解脱了。将工作仅限于一人太浪费了，叫人过意不去。不，不该就此打住。那确实是留给你的一个巨大课题呀。在工艺的世界里，还没有人曾踏入此种境地。如果能解决这件事就太好了。我仿佛已经见到那样的幻象。你莫不是被某种看不见的力量召唤了？

　　已是思绪纷繁的秋日。是时候让我们彻底思考一下了。来吧，努力工作吧。

　　　　　　　　　　昭和十一年九月五日　柳宗悦
　　　　　　　　　　《工艺》昭和十一年十月号

译后记

说起日本近代的"民艺运动",很多人都知道柳宗悦在其中的重要作用,事实上除了柳宗悦,河井宽次郎、浜田庄司等人也是该运动的主要发起者。"民艺"一词便是由他们共同创造,指那些经由普通民众之手创作的日用杂器、日常用品等工艺。

河井宽次郎,1890年8月24日出生于日本岛根县的安来市,生活年代跨越明治、大正、昭和三个时期,除陶艺之外,在雕刻、设计、书道、诗、词、随笔等领域也有作品留存。本书收录的内容包括河井宽次郎随笔集《火的誓言》全本及《蝴蝶飞舞,叶片飘零》中的主要篇目,乃是河井文章在国内的首次译介。其中包含了作者对自己职业生涯的回顾,对其他几位民艺运动参与者的评价,寻访各地窑场时的所见所想,以及对童年生活、家乡风物的回忆,和一些比较抽象的格言似的长短句;从中可以窥见他对工作、生活与美的思考。

发起于大正时代的民艺运动，旨在从被美术界视而不见的无名职人所造的日用杂器中发现真正的美，并将此介绍给世间。为了调查和收集各种器物，柳宗悦、河井宽次郎、浜田庄司等人在日本全国旅行搜罗，足迹还延伸至朝鲜和中国东北（当时的伪满洲）。

由于该运动着眼于"实用之美"和"平常之美"，试图让艺术家与工匠共存并抹去艺术家的个人创作风格，社会上对其反响并不算积极。不少曾经参与运动的工艺家相继脱离运动，甚至有人回过头来对此进行了猛烈的批判，北大路鲁山人便是其中之一。虽然社会评价褒贬不一，但运动发起者们的初衷和努力仍值得尊敬。柳宗悦为了将收集起来的工艺品公之于众，曾试图将所有藏品捐赠给帝室博物馆（现在的东京国立博物馆），却遭到博物馆方面的拒绝，其后得到实业家大原孙三郎的经济资助，于1936年在东京驹场的自家住宅附近开设了日本民艺馆。该馆在第二次世界大战中幸存下来，战后仍作为民艺运动的据点持续活跃着。

比起中国人对瓷器的偏爱，日本人的日常生活中使用陶器的频率更高。除了居家饮茶时日常所用的茶道具，在外就餐时，不少饮食店提供给顾客喝茶的容器也是陶杯，而讲究礼仪与格调的茶室与陶器更是亲近。在茶道兴盛的桃山时期，陶艺以茶道具为中心展开，当时的贵族、上级武士们热衷于收集来自中国的高价器具，但也几乎是同一时期，千利休倡导的草屋中的

"侘茶""寂茶"逐渐开始受到推崇。

　　留学日本期间，我上选修的实践课时上过一次茶道体验课。参加课程的学生包括我在内只有四人，老师是位身材瘦削、气质娴静的中年女性。那是一个雨天的下午，按事先收到的邮件要求，我们带着和服或夏季浴衣来到学校附近的纪念堂。穿过外部绿意环绕的绿树屏障，进门后沿方形草坪边缘走过一半周长，便是茶室所在地。茶室很大，五个人上课只占其中一半空间仍显富余，内室角落的木柜里放满各式茶道具，我一见到它们便期待不已。换好衣装后由于腹部紧束、裙下宽度有限，举止也自动变得贤淑起来。走路迈不开腿，只能像大和抚子般在榻榻米上小步滑行。听老师细心讲解完茶道中主要的礼仪、点茶手势和饮茶规矩，接着便是二人一组进行实践。作为看客时只觉优雅的程序到了自己身上就变得非常痛苦，长时间的正座让身体像风中树叶般不断抖动，双腿又麻又僵。但当自己一手握茶筅、一手扶住抹茶碗进行点茶时，茶筅快速拂扫搅出的泡沫登时让内心沉淀下来。而在扮演客人饮茶时，双手捧住的茶碗在粗粝中带有温热的熨帖感。窗外雨声潺潺，不远处断断续续响起三味线的曲调，室内寂静，只有茶汤咕咚一声从喉间划过。

　　此后，我在市中心的菊屋买了茶筅和一只白釉绿边的织部茶碗，其中一面绘着简单的纹样；又从超市买来抹茶粉，在逼仄的寝室里自点自饮，时而佐以甜点、水果。再后来又买过一只身姿婀娜的萩烧茶杯，似乎是在素烧的红陶外上一层白釉，再绘出浓淡相间的图案，杯壁上是经火淬炼后仿佛碎裂般的纹路，但至今仍装在盒子里没有使用。据说萩烧有七种变化，随着使用时间的推移，原先颜色较纯的杯体会变得深沉，握在手中也会生出岁月的沧桑。美中不足的是，由于原料的土质柔软、吸水性好，萩烧的杯子也容易损坏和渗漏。

　　在翻译本书之前，我虽对茶道具向来喜爱，却从未实际接触过制作这一步。翻译途中理所当然地对此产生兴趣，便拉着男友到几公里外的一家陶艺工坊体验。将手弄湿后在电动拉坯台上给陶泥塑形，适才在老师手中灵活变换形态的陶泥到了我手里竟异常笨拙，由于用力不当，泥土时不时地脱离中心飞往一旁。试验多次后终于找到一丁点儿感觉，但好不容易做出茶杯的形状，想拉高杯体却怎么也不成功。再看身边的男友，大概是以前做过几次，手势比我熟练，神色也比我自如。由此也可见经验的重要。折腾了两小时左右停手，看老师用细线将塑好形的两个杯子一一取下，放在陈列台上。风干需要五天左右，接着再上釉或彩绘，这里没有烧窑的窑口，而是用放在室内的机器烧制。两周之后拿到手里的杯子一个水蓝，一个花釉，体积比做成时缩水了不少。我做的那个内部裂开一道缝，猜测是拉坯时在陶泥里加了太多水造成的。

　　虽然只参与了其中一个过程，却也多少感受到造物的快乐与难度。过去的陶工们没有电动拉坯台，是靠手或脚转动轱辘台，再将陶泥放在上面捏制的，条件比现在艰苦得多。河井曾在某篇文章里写，陶工们使用轳辘台（拉坯台）的姿势和手法各异，有的像中风患者，有的像风湿病人，想必亲眼所见会很有意思。

另外值得一提的是，日语中的"烧物"一词，其含义不仅包括陶器、瓷器，还包括土器和炻器，在学术研究中不能简单以"陶瓷器"来概括。此外，日本人评价陶艺作品时所用的"作风"一词，也不能简单翻译为"创作风格"。郑宁先生曾在《日本陶艺》一书将其解释为"因制作技术特点所形成的一些具有一定风格含义的表征，其意义是制作作品过程中，某种工艺制作方式所留下的感觉，强调因制作方式的不同而形成的特点。"[1]虽如此，本书中为了阅读方便，还是简略地将其译为"创作风格"或"作品风格"。此外，文中数次提到的"濑户、常滑、信乐、越前、丹波、备前"乃是日本镰仓、室町时期的六大古窑，在地点后加一个"烧"字，则指当地生产的烧物。

翻译过程中，由于对陶艺的了解有限，即使翻阅过一些相关资料与书籍，译文中也难免存在对某些专业词汇与形容理解不足而导致的错误，敬请读者海涵，也欢迎各位方家指正。

熊韵

2018 年 6 月 24 日于成都

1　《日本陶艺》郑宁，黑龙江美术出版社，2001 年 7 月。

图书在版编目（CIP）数据

火的誓言 /（日）河井宽次郎著；熊韵译 . -- 北京：
北京联合出版公司 , 2019.8
ISBN 978-7-5596-2897-8

Ⅰ . ①火… Ⅱ . ①河… ②熊… Ⅲ . ①随笔—作品集
—日本—现代 Ⅳ . ① I313.65

中国版本图书馆 CIP 数据核字 (2019) 第 010270 号

火的誓言

作　　者：[日] 河井宽次郎
译　　者：熊　韵
策 划 人：方雨辰
策划编辑：陈希颖
特约编辑：吴志东
责任编辑：李　伟
封面设计：尚燕平

北京联合出版公司出版
（北京市西城区德外大街83号楼9层　100088）
北京联合天畅文化传播公司发行
山东临沂新华印刷物流集团有限责任公司印刷　新华书店经销
字数174千字　787毫米×1092毫米　1/32　9印张
2019年8月第1版　2019年8月第1次印刷
ISBN 978-7-5596-2897-8
定价：48.00元